포도밭에서 쓰는 편지

포도밭에서 쓰는 편지

2016년 12월 15일 1쇄 발행

지은이   이수안
발행인   이선우
펴낸곳   도서출판 선우미디어

        등록 | 1997. 8. 7 제305-2014-000020
        02643 서울시 동대문구 장한로12길 40, 101동 203호
        ☎ 2272-3351, 3352 팩스: 2272-5540
        sunwoome@hanmail.net
        Printed in Korea ⓒ 2016. 이수안

값 12,000원

ISBN 978-89-5658-488-1 03810
ISBN 978-89-5658-489-8 05810(PDF)
ISBN 978-89-5658-490-4 05810(EPUB)

포도밭에서 쓰는 편지

이수안

선우미디어

책머리에

4년 간 〈충청타임즈〉에 연재한 글을 간추려 한 권의 책으로 묶는다. '포도밭에서 온 편지'라는 신문 코너의 제목을 역으로 '포도밭에서 쓰는 편지'라고 제목 붙였다.

칼럼난에 실은 글이지만 칼럼으로 보기에는 시사성이 떨어지고, 수필로 보기에는 서정성이 떨어진다. 포도농사 지으면서 2주에 한 편씩 쓴 글이라 마감 날 맞추느라 늘 급급했다. 잘 여물지 못한 글임을 알면서도 하는 출판 감행을 어설픈 자식도 외면할 수 없는 못난 모성 탓으로 돌려본다.

돌아보니 33년간 포도농사를 지었다. 그래도 나는 포도나무를 다 모른다. 까다로운가 하면 무던하고 도도한가 하면 겸손하다. 대개는 따스하지만 내가 흉내조차 낼 수 없는 그 어떤 결기로 인간인 나보다 더한 우월을 보이기도 했다. 복잡 미묘한 포도나무의 이런 성격과 급변하는 한국의 포도 산업은 나에게 많은 고민을 안겨 주었다. 안팎으로 상황이 어려워질수록 고민은 깊어졌고, 그 고민이 눈물 콧물 쏟으며 글 한 편씩을 쓰게 했다. 글을 통해 많은 위안을 얻었으니 포도 농사꾼이 글을 쓴 것은 어쩌면 필연이 아니었을까 싶다.

나를 크고 넓은 수필의 바다로 이끌어주신 반숙자 스승님. 스승님의 가르침이 없었다면 수필을 쓰지 못했고 그에 따라 아픔도 치유하지 못했으리라. 발문을 써 주신 한국농어촌여성문학회 고문 김수자 선생님. 간단명료한 문장을 통해 이수안을 포도의 상징으로 이미지화 시켜주셨다. 두 분 선생님께 깊은 감사를 드린다.

나의 아픔을 함께 해 준 한국농어촌여성문학회 문우들과 음성문인협회 문우들, 책 한 권 낸 경력이 없는 병아리 글쟁이에게 덜컥 지면을 준 〈충청타임즈〉의 고마움도 잊을 수 없다. 피붙이 걱정 가실 날 없는 언니와 동생, 몇 년 차이로 내 식구로 들어와 든든한 울타리가 되어 준 두 사위, 글이 잘 안 써질 때 어디서 길을 잃었는지 정확하게 짚어준 큰딸, 책을 예쁘게 디자인해 준 작은딸, 나의 기쁨 손녀 서연이와 따숨이에게도 고마운 마음 전한다.

짧은 인연에도 깊은 신뢰를 보여주고 꼼꼼한 교정으로 좋은 책을 내 주신 선우미디어 이선우 선생님께 깊은 감사를 드린다.

2016년 겨울 이수안

차례

1부

2012년

겨울눈

시련의 계절이다. 우 우 우 웅—, 짐승 울음 같은 겨울산의 바람이 왔다 멀어지고, 또 왔다가 멀어져간다. 이런 된바람 앞에서조차 당당하게 서 있는 포도나무, 그의 표정이 의연하다. 나는 섣달 그믐밤에 초병을 서는 아들을 둔 어머니의 심정이 된다.

앙상한 가지 마디마다 겨울눈이 볼록하다. 이 겨울눈에는 포도나무의 다음 삶이 들어 있다. 포도 잎과 포도송이 그리고 포도가지를 품고 있는 산실인 것이다. 그러나 겨울을 이겨내지 못하면 헛일이다.

겨울 포도나무는 스스로 외투를 만들어 겹겹이 눈을 감싼다. 따스한 솜털로 여린 눈을 보호하고, '아린'(매끈한 비늘잎)으로 단단히 여민다. 물기에 젖어 얼거나 바람에 마르는 것을 막기 위해서다.

이 외투는 어느 날 갑자기 만들어진 것이 아니다. 꽃을 피울 때도, 열매를 키우고 익힐 때도, 나무는 이듬해의 삶을 함께 준비한다.

그래도 내가 안심할 수 없는 것은 지난여름 이상기후로 우기가 길었기 때문이다. 햇빛이 부족해 나무는 광합성 작용을 잘하지 못했다. 외투가 부실할 수밖에 없다.

겨울나기가 걱정인 농사꾼에게 한미 FTA 무역협정이라는 더 큰 추위가 다가오고 있다. 한편에서는 경제를 살릴 기회라 목소리 높이는데 나는 왜 자꾸 의심이 가는 걸까. 문구멍으로 팔뚝을 쑥 들이밀며 "엄마 왔다, 문 열어라." 하는 전래동화 속의 호랑이로만 보인다. 얼핏 보면 자상한 엄마의 팔이지만 실은 털을 깎고 밀가루를 묻힌 호랑이의 팔이 아니던가.

"경제를 살리는 촉매가 될 것이다."

"아니다, 망칠 것이다."

차근차근 준비해도 버거울 상대 앞에서 우리 사회는 열을 올리며 갑론을박하고 있다. 농사꾼의 입장이 참으로 딱하다. 든든한 외투 한 벌 없이 맹추위 앞에 노출된 겨울눈의 모습이다.

돌아보면 농촌이 걸어온 길은 만만치 않았다. 우루과이라운드에 이어 WTO라는 산을 만났을 때 그 이름이 얼마나 낯설었던가.

그때도 우리 사회는 잘했네, 못 했네, 말이 많았다. 그쪽 이치에 어두운 농사꾼은 그저 하던 대로 할 뿐이었다. 봄이면 씨앗을 뿌리거나 과실나무를 심었다. 싹이 돋으면 어버이의 마음으로 정성껏 가꾸었다. 전과 다름없이 열심히 살았지만, 결과는 참담하지 않았던가. 엎어지고 자빠지고…. 문전옥답은 도시인들에게 팔려나갔고 빈 축사가 늘었다. 터전을 잃은 농부는 무작정 도시로 갔다.

지금이라고 그때보다 나아진 것은 없다. 구제역 사태와 사료 값 폭등으로 많은 축산농가가 경영을 포기했다. 수확을 못한 배추밭은 흔히 볼 수 있다. 온 나라가 힘들다 보니 이정도 어려움은 누구의 관심도 끌지 못한다. 곤두박질치는 것도 날아오르는 것도 농민 개인의 몫이 되어버렸다.

지금도 농사 일을 접는 이는 그때처럼 많다. 그러나 더 많은 사람은 이 길을 계속 간다. 깨지면 동여매고 넘어지면 다시 일어나 뚜벅뚜벅 걸어가는 것이다. 살아남는 이 농사꾼들로 우리의 겨울눈이 단단해질 수 있을까.

흑룡의 새해 아침, 도시로 떠난 이웃들의 안부가 궁금하다. 남아 있는 우리보다 그들이 더 행복한 새해를 맞았으면 좋으련만….

(2012. 1. 3)

때 아닌 꽃바람

포도농사를 짓는 친구에게서 택배가 왔다. 작은 포장을 뜯어보니 포도 접순接筍이 오모르르 몰려 있다. 손가락 길이만 한 포도가지에 또록또록한 눈이 정확하게 한 개씩 달린 접순이다. 체내에 양분이 잘 저장된 건강한 접순이라는 뜻이다.

품종 이름은 '하니 비너스', 구미 잡종의 청포도다. 꿀의 여신이라는 이름에 걸맞게 외관이 아름다우며 21브릭스의 당도를 자랑한다. 그런데 정작 나의 마음을 끄는 것은 매혹적인 그 향기다.

이 품종을 처음 만난 것은 2년 전이다. 어느 포도전시회에 갔는데 황록색의 아름다운 포도 앞에서 내 발걸음이 절로 멎었다. 싱그러운 색감의 포도 한 알을 입에 넣는 순간, 입 안 가득 그윽하게 퍼지는 향기가 나를 감동으로 이끌었다. 머스컷향과 옥시향이 혼합된 듯한 향내는 고혹적이기까지 했다. '하니 비너스'라는 품종

이름을 확인하고는 외관이나 당도보다 이 향 때문에 '꿀의 여신'이라는 이름을 얻었구나 하고 생각했다.

여신 비너스는 누구인가. 그리스신화의 비너스는 누구도 거부할 수 없는 아름다움을 지닌 반면 바람기라는 치명적인 흠도 지녀서 많은 문제를 일으킨 여신이다.

15세기 이탈리아 화가 보티첼리는 비너스의 아름다움을 극대화한 명작 '비너스의 탄생'을 남겼다. 그 외에도 예술가들이 비너스를 소재로 그림과 조각상 등 명작을 많이 남긴 걸로 미루어 비너스의 아름다움을 짐작할 수 있겠다.

비너스 주위에는 군침 삼키는 신들로 늘 어수선했고 많은 이야기가 따라다녔다. 어쩌면 그 풍성한 이야깃거리 덕에 명작이 나왔는지도 모른다. 신들은 비너스의 어떤 아름다움에 그토록 이끌렸을까.

비너스에게는 마법의 허리띠가 있어 이것을 매면 인간도 신도 여신의 유혹에서 벗어날 수 없었다. 포도 '하니 비너스'를 처음 접하던 그 날, 나도 그 향기를 거부할 수 없었다. 여신 비너스가 지닌 거부할 수 없는 매력…. 바로 이런 느낌이 아니었을까, 하는 생각이 번뜩하며 머릿속으로 확 들어왔다. 나는 이 품종이 갖고 싶어 안달이 났다.

그러나 묘목을 구할 수 없었다. 워낙 흔하지 않은 품종인 데다, 그 해 겨울 기록적인 한파로 인해 나무가 많이 죽어 묘목이 일찌 감치 동난 것이다. 그런데 친구가 수소문 끝에 접순을 구해 보낸 것이다.

촛농처리를 하려고 접순을 가지런히 놓으며 살펴보니 이미 그 작업까지 되어 있다. 나뭇가시의 자른 부위를 끓는 촛농에 담가 비닐로 잘 싸서 냉장고에 보관하면 이듬해 오월 접목할 때까지 포도 눈이 마르는 것을 막을 수 있다. 촛농처리까지 해서 보내준 친구의 마음이 따스하다.

오월이 오면 나는 이 접순으로 접을 붙일 것이다. 고 이쁜 순을 잘 키우면 내후년쯤이면 '하니 비너스', 즉 꿀의 여신을 내 과수원 에서 만나게 될 것이다.

아직 먼 미래의 만남을 말하며 이리도 마음 설레는 것은 무슨 연유인가. 섣달그믐 녘, 젊지도 않은 촌부의 가슴에 때 아닌 꽃바 람이 인다. 봄은 아직 저 멀리 있는데….

(2012. 1. 17.)

바람, 바람, 바람

바람이 스친다. 저만치에서 냉이를 캐는 아낙네의 등에도, '아상芽傷처리'로 바쁜 우리 모녀의 손길에도 봄바람이 스치고 지나간다. 무취의 바람이 코끝에 닿자 달큰한 향이 전해오는 것은 부드러운 이 촉감 때문일까.

바람 많은 계절에 또 하나의 바람이 분다. 며칠 전, '한미자유무역협정'이 결국 발효되고야 말았다. 농부에게 이것이 어떤 의미인지 피부로 느껴보기 위해 나는 대형할인점에 가 보았다.

우려하던 대로 그곳에는 미국농산물이 바람을 일으키고 있었다. 육류 판매대와 과일 판매대 앞에는 '한미 FTA 협정 발효기념 할인행사' 표지판까지 붙여놓고 축제 분위기를 돋우고 있었다. 주부들이 밀고 다니는 카트에 봉지 봉지 담긴 황금색 오렌지가 유난히 눈에 들어왔다. 오르기만 하던 물가에 제동이 걸린 품목이 나왔으니 알뜰주부에게 이보다 반가운 소식이 또 어디 있으랴.

하지만 이것이 진정 반가운 일이기만 할까. 경제를 살리고, 일자리를 늘려주며, 장바구니 물가도 안정시킨다는 '한미자유무역협정'. 우리의 바람대로 모든 것이 실현된다 해도 농업·농촌을 위태롭게 하며 얻은 성장이 진정한 성장일 수 있을까.

포노나부에는 '정부우세성頂部優勢性'이라는 성격이 있다. 하나의 가지에서도 맨 윗부분의 눈에서 나온 싹은 세력이 강하게 자라고, 아래로 내려올수록 약해지는 현상이다. 세력이 센 가지는 덧순을 발생시키며 주위 공간을 지나치게 많이 차지해, 다른 가지들이 햇빛을 잘 받지 못한다.

농부는 이 불공정한 현상을 두고 보지 않는다. 웃자랄 위험이 있는 눈은 양분이 들어가는 진입로에 상처를 조금 내 양분 흡수에 방해를 주고, 가지가 부실해질 위험이 있는 눈은 양분이 위로 빼앗기는 것을 막기 위해 눈 바로 위쪽에 상처를 내준다. 이렇게 '아상芽傷처리'를 해주면 새순이 고르게 자라는 것이다.

무역에서도 '아상처리'와 같은 장치가 관세일 것이다. '아상처리'로 모든 새순이 비슷한 세력으로 자라 좋은 포도를 만들어낼 수 있는 것처럼, 가격경쟁에서 유리한 수입농산물에 관세를 부과해 약간의 부담을 더해 주었기에 농업이 이만큼이라도 지켜지지 않았을까.

하지만 '한미자유무역협정'은 이 관세를 점차 없애기로 해버렸다. 이제는 대학생과 초등학생이 아무 제한 없이 격투경기를 벌이는 형국이 된 셈이다. 이것이 진정 공정한 경기일까.

'한미자유무역협정'은 다윗과 골리앗의 한판 승부라 해도 과언이 아닐 것이다. 다윗은 블레셋 장수 골리앗의 이마에 돌팔매를 명중시켜 승리했다. 자유무역협정이라는 현대의 블레셋 앞에 선 위기의 농촌, 이 시대의 우리에게도 다윗이 있다면 어떤 모습으로, 어디에 있으며, 언제쯤 모습을 드러낼까.

총선이 가까워져 오자 또 다른 바람이 분다. 정당들은 다투어 이름과 로고와 상징색깔까지 바꾸고 변화된 모습을 보여주느라 부산하다. 그러나 이제는 안다. 꾸부정한 등으로 복숭아나무 전지를 하는 노인도, 냉이를 캐는 아낙네도, '이상처리'에 바쁜 우리 모녀도…, 무늬만 바꾼다고 비닐장판이 원목이 되지 않는다는 것을.

봉학골 쪽에서 불어와 복숭아밭 골을 거쳐 포도밭을 스쳐 지나가는 바람. 지금 포도밭에는 누구의 욕심이나 꼼수도 섞이지 않은 청량한 봄바람이 불고 있다.

(2012. 3. 27.)

똥개의 순정

우리 집 진돗개 복길이에게 평화가 찾아들었다. 도통 갈피를 잡지 못하던 배필 순심이의 마음이 잠잠해졌기 때문이다.

복길이와 순심이는 촌수가 좀 복잡하다. 말하기 민망하지만 둘은 사실 부부지간 이전에 부녀지간이었다. 복길이의 원래 짝이 방울이었고, 그 둘 사이에서 순심이가 태어났다.

강아지 순심이는 너무도 이뻐서 보는 사람들이 한마디씩 할 정도였다. 잘생긴 얼굴에 유난히 깊고 착한 눈매를 가진 순심이. 반 곱슬의 흰색 털은 과하지 않은 볼륨감으로 순심이를 더욱 더 사랑스러운 어른 개로 성장시켰다.

우리는 평택의 포도밭 외딴집에서 살았는데, 그곳까지 많은 개들이 모여들었다. 먼 동네 개들이 순심이의 매력을 어떻게 알았는지 나로서는 참 알 수 없는 수수께끼였다. 그러나 수캐들은 주위만 배회하며 애간장만 녹일 뿐, 순심이 근처에는 올 엄두를 내지 못했다. 순심이 곁을 잠시도 떠나지 않은 복길이가 눈에 불을 켜고 지켰기 때문이다. 그즈음부터 복길이는 아비 개이기를 포기하고 순심이에게 연정을 품었던 것 같다. 녀석의 엉큼함이 낯 뜨겁기는 하나, 동물의 세계에서는 윤리에 어긋난 것도 아니라니 이해하는 수밖에….

순심이보다 덩치가 배나 되는 녀석의 애정표현이 참으로 지고지순했다. 순심이가 제집에서 자고 있으면 복길이는 그 집 문 앞에서 웅크리고 잠을 잤다. 자그마한 순심이가 움직이는 곳마다 커다란 녀석이 졸졸 따라다니며 애절한 시선을 떼지 않는 풍경은 우스꽝스럽기까지 했다. 열렬한 사랑의 계절이 그렇게 지나고 머지않아 순심이는 복길이를 쏘옥 빼닮은 새끼를 네 마리나 낳는 경사가 있었다.

올해도 봄바람이 불자 순심이에게도 꽃바람이 일기 시작했다. 복길이가 줄에 묶여 있기는 했지만 둘의 사랑은 순조로웠다. 줄에 묶지 않고 기르는 순심이도 복길이가 좋은지 멀리 가지 않고 늘 그 곁을 맴돌았기 때문이다.

그런데, 그런데 그만 사고가 나고 말았다. 개들 사이에 순심이의 미모가 널리 소문이 퍼졌는지 이곳에서도 순심이의 인기는 하늘을 찔렀다. 질투의 화신인 어느 녀석이 복길이를 심하게 물어뜯어 놓았다. 어쩌면 떼로 달려들어 공격하지 않았을까 싶을 정도로 상처가 깊었다. 내가 발견했을 때 복길이의 상태는 너무나 참혹했다.

복길이의 덩치가 커 안전을 위해 줄에 묶어 길렀는데 그것이 화근이었다. 아무리 용감하고 힘이 세다 한들 묶여있는 복길이가 상대를 제압하기는 어려웠을 것이다. 묶인 상태로 제 배필을 뺏기지 않으려고 온몸을 던져 혈투를 벌인 심정을 생각하면 나는 지금도 울컥한다.

순심이에게 불어온 핑크빛 바람도 이제는 잠잠해졌다. 그때 입은 상처가 다 아문 복길이도 연적들과의 혈투는 까맣게 잊었다는 듯 평온한 표정이다.

목숨까지도 주저 없이 바치는 저들 세계의 단순명료한 사랑, 똥개에게 무슨 순정이 있느냐고 코웃음 치는 이가 있을지 모르지만, 나는 복길이의 순정을 지켜보면서 참사랑이라는 화두 하나가 머릿속을 떠나지 않고 있다.

계산할 것이 너무 많은 우리, 그로 인해 진정한 사랑을 놓치는 어리석음을 얼마나 많이 저지르는지.

(2012. 4. 17.)

어느 아버지의 눈물

    미풍을 타고 아주 작은 깃털이 비행한다. 잠자리 날개보다 가벼운 깃털을 실바람에 실은 작고 갸름한 민들레 씨앗의 비행이다.

    지금 포도밭에는 온통 민들레 씨앗 천지다. 얼마 전까지만 해도 노란 민들레꽃이 포도밭을 수놓더니, 지금은 작은 솜사탕 모양의 씨앗이 또 하나의 진풍경을 펼쳐내고 있다.

    포도밭에 민들레가 많으면 농부는 밑천이 든든하다는 느낌이 든다. 직근直根의 민들레가 땅속 깊이 뿌리를 내리기 때문이다. 광합성을 통해 잎이 얻은 양분은 뿌리 끝까지 내려간다. 뿌리 끝 근처 땅속에 사는 미생물은 이 양분을 받아먹고 활발한 활동을 한다. 미생물의 운동으로 땅이 좋아지니 농사도 덩달아 잘되는 것이다.

    새 터전을 찾아 비행하는 민들레 씨앗을 보며, 한국에서 뿌리내리기가 버거워 눈물짓던 어느 아버지를 생각한다. 사업 때문에 한국에 왔다가 한국인 여성을 사랑해 결혼한 외국인 가장의 이야기다.

그들 부부는 사랑의 결실로 3남매를 두었다. 그런데 어느 날 열한 살짜리 큰아들 이스마엘이 고통 없이 죽는 방법을 물었다. 아이들로부터 받은 집단 따돌림이 극에 달했던 것이다. 이스마엘은 3학년 때 학급 대표를 맡을 만큼 학교생활에 적극적이었기에 부모의 충격이 더 컸다.

아이들은 담임교사가 없는 틈을 타 투표를 했다고 한다. '친구들을 가장 귀찮게 하는 나쁜 아이'를 뽑는 투표였다. 몇몇 아이들이 이스마엘을 찍으라며 으름장을 놓고 다녔다. 이스마엘이 뽑혔다. 그 아이들은 다시 친구들에게 이스마엘을 때리라고 강요했다. 이유는 피부색이 다르고 욕을 못한다는 것 때문이었다.

아버지는 어떻게 하는 것이 아이들을 위한 것인지 고민했다. 결국 이스마엘의 두 동생까지 삼 남매를 캐나다로 보내기로 결단을 내렸다. 또다시 낯선 땅에서 아이들이 겪을 고충을 생각하는 아버지의 볼에 눈물이 주르르 흘러내렸다.

농촌에서 다문화 가정은 이제 일반적이 되어간다. 우리 주위에는 상처받고 아파하는 또 다른 이스마엘이 더 많을 수 있다는 이야기다. 그 어린 이스마엘이 잘 자라 꽃피우고 열매 맺기에 사회라는 우리의 토양은 너무 척박한 것이 아닐까.

　우리 포도밭에서 자생하는 노란 민들레는 사실 대부분 토종이아니다. 토종 민들레는 흰색이 많으며 꽃받침이 위로 향하고 있다. 노란 민들레는 외국에서 들어왔지만, 우리 강산에 뿌리내려 저토록 잘 자라고 있다. 그 뿌리는 땅심을 좋게 해주고, 건강식품으로도 한 몫 단단히 하며, 이른 봄에는 고운 꽃으로 금상첨화의 즐거움까지 주는 민들레. 굳이 외국산, 토종을 따질 이유가 있을까. 흰색 민들레도, 노란색 민들레도 똑같이 귀한 민들레다.

　민들레꽃이 곱다 한들 사람꽃만 하겠는가. 민들레 뿌리가 땅에 좋다 한들 미래 우리 사회를 이끌고 갈 일원이 될 많은 이스마엘만큼 소중하겠는가. 다시는 이런 일로 눈물짓고 이 땅을 떠나는 이스마엘이 있어서는 안 되겠다.

　그 첫걸음으로 이스마엘의 아버지가 눈물 흘릴 때 함께 아파하고 고민하는 작은 것부터라도 동참해야 할 것 같다. 그러다 보면 아이들의 마음도 어른들이 움직이는 발걸음을 따라올 것이고, 마침내 아이들도 알게 될 것이다. '다르다'는 '틀리다'가 아니라 서로 존중해 줘야 하는 개인 고유의 엄숙한 삶이라는 것을.

(2012. 5. 15.)

내 탓이오

지금 포도밭에는 한바탕 축제가 열리고 있다. 포도꽃 향기 축제다. 포도 꽃잎은 마치 보통 꽃의 수술같이 수수하다. 너무도 소박하게 만든 게 미안해서 조물주는 이렇듯 벅찬 향기를 선물한 것일까. 시원한 포도나무 그늘에 앉아 나는 농부의 특권인 양 느긋하게 이들의 축제를 즐긴다.

포도나무는 이제 꽃을 피우는데 바닥의 풀들은 벌써 종족 번식에 한창이다. 냉이·민들레·꽃다지 등은 이미 씨앗을 땅에 떨구었고, 별꽃·소루쟁이·질경이 등도 씨앗이 거의 다 영글었다. 봄풀들의 씨앗은 어떻게 포도나무 그늘에서도 잘 영글 수 있었을까.

그것은 봄풀들이 햇빛을 잘 받을 수 있도록 키 큰 나무들이 풀들보다 한발 늦게 눈을 틔우기 때문이다. 바닥의 풀들이 꽃을 다 피웠다 싶으면 나무들은 그제야 일제히 눈을 틔우는 것이다. 힘센

자의 너그러움 같은 나무들의 여유를 보며 자연의 질서가 아름답다는 생각을 한다.

　사람도 자연의 일부이건만 우리 사는 세상은 왜 이리 어지러울까. 오늘 신문에는 전 국민 소득의 6분의 1을 상위 1%가 차지했다는 기사가 나왔다. 한편 등록금이 없어서 사채업자에게 300만 원을 빌린 것이 화근이 되어 비극을 맞은 한 여대생의 기사도 눈에 띄었다. 돈을 갚지 못하자 강제로 유흥업소에 취업을 당했고, 이 사실을 안 아버지가 딸을 살해하고 본인도 스스로 목숨을 끊었다는 것이다.

　아무리 좋은 문장이라도 어버이의 마음을 완벽하게 표현하기는 어렵다고 본다. 어버이가 되어보지 않고서는 그 깊이를 짐작할 수 없는 것은 당연지사요, 어버이도 자녀를 향한 자신의 정이 얼마큼인지 본인 마음조차 가늠하기 어려운 것이 어버이 마음 아니겠는가. 세상 어떤 것보다 귀하고, 사랑스럽고, 생각만으로도 웃음이 나다가, 때로는 와락 눈물이 쏟아지는 자식이라는 존재. 나도 이혼이라는 힘든 상황을 겪었지만, 내게 그런 존재인 두 딸이 있어 더 열심히 살아내지 않았던가.

　그 아버지에게도 딸은 그런 존재였지 싶다. 등록금을 못 대 줄 정도의 가난 속에서도 딸을 생각하며 고단한 삶을 견뎌냈을 것이다. 뜻대로 되지 않는 세상사는 쓰디쓴 소주잔에 담아 마셔버리고, 담배 연기 사라지는 허공에 딸의 얼굴을 그리며 겨우겨우 힘든 삶을 지탱해오지 않았을까. 어느 때는 천근만근 발걸음 무겁게 하다가도, 가끔 어깨를 으쓱하게도 하던 자식이었으리라. 그런 자식이 망가진 것을 보고 삶의 의욕을 놓은 것은 아니었을까. 요 며칠 나는 포도밭에서 바쁜 일손을 놀리면서도 이 부녀 생각으로 머리가 뒤숭숭했다.

상위 1%는 피부 관리로 억대의 비용을 주저 없이 쓴다는데, 빈곤층의 삶은 더 절망으로 치닫는 사회. 이런 사회에서의 이번 일은 그리 특별할 것도 없는 흔한 사건인지도 모른다. "쯧쯧쯧" 몇 번 혀를 차고 얼마 지나지 않아 잊어버릴 우리. 우리는 딸을 살해한 이 아버지를 향해 비정하다 손가락질할 수 있을까. 그렇다면 고약한 사채업자만 비난받아야 할까. 아니면 빈부의 격차를 심화시킨 정치인들 탓으로 돌려야 할까. 그도 아니면 그런 정치인에게 만만하게 보인 유권자들 책임일까. 그리고 내게는 진정 책임이 없을까.

'한국에서의 대학살' '게르니카 대학살'을 그린 피카소는 이렇게 말했다고 한다.

"어떻게 예술가가 다른 사람들의 일에 무관심할 수 있습니까.

회화는 아파트나 치장하자고 있는 것이 아닙니다. 회화는 적과 싸우며 공격과 수비를 하는 하나의 전투 무기입니다."

종족 번식의 대 임무를 다한 풀들이 나를 보고 비웃는 듯하다.

'아무리 병아리 글쟁이지만 이런 소재로 글 한 편 쓰지 않은 그대가 누구를 탓하고 싶은 거죠?'

(2012. 5. 29.)

병아리와 무녀리

두어 달 전에 나도 스마트폰을 장만했다. 통화 외에 가장 요긴하게 쓰는 기능이 사진 주고받기다. 상대편과 함께 사진을 주고받으며 포도나무의 상태를 진단하고 처방을 의논한다.

종상 씨가 스마트폰으로 사진을 몇 장 보내왔다. 탐스럽게 잘 결실된 포도 사진이다. 이 결과를 기대하며 봄 내내 포도밭에서 살다시피 한 농심을 나는 안다. 싱그러운 포도 넝쿨 아래 아기포도가 오르르 줄을 선 그림에서 종상 씨의 노고와 함께 그 벅찬 감동이 느껴진다. 나도 몇 장 보냈다. 바로 벨이 울린다.

"형수님, 포도송이가 너무 잘 생겼어요. 대단해요!"

전화기 너머 들뜬 목소리에서 저쪽의 기분이 오롯이 전해진다. 종상 씨는 지금 내 포도가 잘 결실된 것을 축하해주는 것 같지만, 실은 자신이 농사 잘 지은 것을 마음껏 즐기는 중일 게다. 나도 같은 감정이다. 포도나무에 포도가 잘 열리는 것이 뭐 그리 대단하냐고 할지 모르지만, 그것은 그리 간단한 일이 아니다.

포도농사로 말하면 까다롭기가 부잣집 무남독녀 외동딸 못지않다. 품종마다 수분을 다르게 관리해야 하는 것은 물론이고 나무의 수형과 작업도 달리 해줘야 한다. 순지르기나 양분의 공급이 품종마다 다른데, 빠르지도 늦지도 않게 딱 제때에 해줘야 하며, 이 모든 작업이 과하거나 부족해서도 안 된다. 진단을 잘못해 엉뚱한 일을 했다가는 바로 어긋난 길로 내달리며 대놓고 싫은 내색을 하는 것이 포도나무의 성격이다.

포도농사 4년 차인 병아리 농사꾼 종상 씨가 예민하기 짝이 없는 포도나무의 속을 잘 모르는 것은 당연하지만, 30년간 포도농사만 지어온 나도 아직 그 속을 조금밖에 모르니 체면이 참 말이 아니다. 종상 씨는 내가 이렇듯 무녀리 농사꾼인 것을 알면서도 의지한다. 부지런하고 똑똑한 종상 씨를 나도 많이 의지한다.

그래서 종상 씨와 나는 포도 사진을 교환하며 잎의 상태, 줄기의 힘, 꽃송이의 진행 상황 등을 수시로 의논해왔다. 병아리도 무녀리도 혼자 진단하고 처방하는 것은 너무 위험하다는 것을 안 것이다. 그렇게 서로 격려하며 더듬더듬 결실기를 맞았는데, 상상 속의 그림처럼 포도가 잘 열렸으니 서로 축하해주고 또 자축하며 이 느낌을 마음껏 즐기고 싶은 것이다.

우리가 올해의 이 결실에 더 행복한 것은 작년에 둘다 흉작을 경험했기 때문이다. 꽃샘추위도 워낙 오래 갔지만, 여름 내내 내린 비로 햇빛 구경을 못하자 나무들도 농사꾼도 갈팡질팡했던 것이다.

농사는 일 년에 한 번밖에 지을 기회가 없다. 올해 잘못되면 내일 잘하면 되는 것이 아니라 다시 일 년을 기다려야 잘해 볼 기회가 온다. 그래서 종상 씨와 나는 지난 일 년 내내 무엇이 잘못되었는지 돌아보고 후회하며 각오를 다져온 것이다.

나는 앞으로 포도농사를 몇 번이나 더 지을 수 있을까. 한 열 번쯤 될까? 몇 번일지 모르지만 나는 매번 마지막 기회인 것처럼 포도농사에 열정을 쏟을 것이다. 그런 열정으로 농사를 짓다 보면 그것이 모여 단 한 번뿐인 삶이라는 농사는 그래도 남부끄럽지 않을 만큼은 지을 수 있지 않을까.

오늘은 마음이 좀 넉넉해진 것일까. 늘 내 일에 묻혀 앞만 보고 달려오던 내가 옆도 뒤도 돌아보는 여유까지 생긴다. 세상의 모든 병아리와 무녀리들도 이런 작은 행복을 가끔 느낄 수 있다면 얼마나 좋을까.

(2012. 6. 13.)

혼자와 함께의 차이

포도 순을 따는데 오늘따라 일이 아주 잘 된다.

포도농사에서 가장 손이 많이 가는 작업은 순 따 주기지 싶다. 잎사귀마다 하나씩 있는 곁순을 빠짐없이 따 주어야 하는 것은 양분의 손실을 막고, 햇빛을 잘 받도록 하기 위해서이다. 그런데 다 따 주었다 싶어도 새 가지 끝에서 자꾸만 새순이 돋아나 일이 끝도 없다.

복숭아 농사를 짓는 이웃들은 수확을 앞두고 충전 중인데, 우리는 7월인 지금도 포도밭에서 벗어나지 못하고 있다. 이번 작업이 올 농사에서는 마지막 순 따기가 될 것이다. 장마철이지만 비가림 시설 덕분에 일을 할 수 있으니 그나마 다행이다. 땡볕이 정수리를 달구는 불볕더위가 오기 전에 이 일을 마쳐야 한다.

"투두둑 투두둑—"

"싹둑싹둑一"

비닐 천장을 두드리는 빗소리를 들으며 하는 가위질이 경쾌하다. 포도밭이 넓지만 세 모녀가 의기투합하니 쑥쑥 일도 줄어든다.

음성에 새로 포도밭을 조성할 때는 나 혼자였다. 부족한 자금으로 어찌어찌 해서 사과밭이던 이곳을 버겁게 구입했다. 사과나무를 캐낸 6,000평의 대지 위에 며칠이고 홀로 서서 포도원을 설계했다.

'포도나무는 4,500평 정도만 심을 것이며, 유럽 종과 미국 종을 분리해서 심자. 고객용 주차장은 공간을 넓게 확보하자. 원두막과 주차장 주위는 그늘 깊은 나무를 심고, 큰길 쪽으로는 꽃을 가꾸어 포도밭을 아름답게 만들자.'

대단하다, 왜 그렇게 힘들게 사느냐, 음성에서 포도가 되겠냐 등등. 주위의 관심도 많았고 격려와 도움도 많았다. 깊이 생각해서 설계했고 신중하게 진행했지만 일이 어긋날 때도 있었다. 그러면 나는 버릇처럼 땅바닥에 털썩 앉아 하염없이 가섭산을 올려다보았다. 산은 흔들림 없는 표정으로 나를 내려다보며 묵언의 격려를 해주고는 했다.

그러던 내게 천군만마가 생긴 것은 3년 전, 직장 다니던 둘째가 엄마와 같이 포도농사를 짓겠다며 내려온 것이다. 다시 일 년 뒤에는 큰아이도 합류했다.

다시 사람들의 관심이 집중되었다. 엄마나 농사짓고 살지 어쩌자고 딸까지 고생시키느냐, 남들은 서울 못 가 야단인데 왜 시골로 내려왔느냐, 아가씨들이 꾸미고 살아야지 이게 뭐냐, 아니다. 이런 것이 잘사는 모습이다 등등.

모두가 맞는 말이지만 사람들이 모르는 것이 하나 있다. 엄마와 함께, 딸과 함께, 언니·동생과 함께하고 싶은 마음이 어떤 것인지를…. 한때 우리 셋은 뿔뿔이 흩어져 살았지만, 지금은 함께 일하며 울고 웃는다. 인간은 그 무엇에도 견줄 수 없는 안도감을 가족에게서 느끼지 않던가.

지난주에는 그런 두 딸에게 휴가를 주었다. 그러자 일에 영 진도가 나가지 않았다. 셋이 하다가 혼자 하면 3분의 1정도는 해야 맞다. 혼자 하다가 셋이 하면 당연히 세 곱 정도의 일은 해야 한다. 그런데 셋이 하다가 혼자서 일할 때는 아주 조금밖에 못 하다가, 두 아이가 함께하니 나 혼자 할 때보다 대여섯 배는 진척이된다. 이걸 어떻게 설명해야 하나.

같은 곳을 바라보는 공감대, 위안, 충만감…. 혼자가 아닐 때 느끼는 아름답고 긍정적인 감정. 이런 것들 때문에 우리는 행복해하고 힘을 얻고 어려움도 헤쳐 나가는가 보다

(2012. 7. 17.)

남자가 있는 풍경

농사란 게 여자에게 좀 벅찬 것이 사실이다. 무게가 꽤 나가는 농산물과 힘을 쓰는 일도 많고, 농기계가 말썽을 피울 때도 잦기 때문이다. 여자 셋에서 4,500평의 포도농사를 짓자니 어려움이 어찌 한둘이겠는가. 대부분은 세 모녀가 의기투합해 웬만한 일은 어찌어찌 해결한다. 하지만 도저히 여자들 힘으로도 안 되는 일에는 장정에 의지해 농사짓는 촌부들이 부럽곤 했다.

그러나 이제는 나도 남부러울 것 없는 보통 촌부가 된 느낌이다. 올해 들어 우리 포도밭에도 주말마다 장정이 등장하기 때문이다. 작은아이의 혼인으로 내게도 사위가, 다시 말해 남자가 생긴 것이다.

사위는 계룡에 있는 직장에 근무하지만 금요일에는 이곳 음성으로 퇴근한다. 주말마다 사위가 온 뒤로 포도밭에 변화가 일고 있다. 오월에는 느티나무 그늘에 방부목으로 짠 작은 무대가 만들어졌고 야외 탁자도 놓았다. 덕분에 우리는 바람 이는 시원한 깊은 그늘에서 중참을 먹는 호사를 매일 누린다.

잔정 많고 손재주 좋은 사위는 늘 무언가를 손질한다. 작업장과 포도밭 군데군데 어설프게 설치된 전기 시설이 안전하게 정리된다 싶더니, 작업장 안의 싱크대 위 벽 쪽에 커다란 수납장이 짜였다. 작업장과 저온저장고 안에는 견고한 철제 선반이 짜이고, 신발장도 만들어 작업장 한쪽에 세워두어 여기저기 널려있던 장화 등 작업화를 수납하니 작업장이 훤해졌다.

목재나 철제를 자르고, 위험한 기계를 다루고, 비가림 시설 위 철제 파이프를 타고 다니고…. 모두가 장정이 아니면 해 내기 힘든 일이다. 세 모녀가 농사짓는 포도밭에서 이런 일들이 일어나다니! 작년까지만 해도 상상할 수 없던 풍경이다.

과수원에 장정이 있어야 하는 건 새삼스럽게 거론할 여지도 없는 지극히 일반적인 일이다. 그러나 우리 세 모녀가 장정 없이 농사지어온 게 벌써 6년째다.

"이것 좀 봐주세요. 이게 말을 안 들어요."

안 그래도 바쁜 이장님께 전화해서 도움 청하고는 했던 일이 숱하다. 도와주는 이장님께 미안하고 고마운 심정을 어찌 다 말할 수 있을까.

원체 밝게 타고난 성격 덕분인지 어려움 앞에서도 나는 잘 웃는다. 하지만 어찌 속마음까지 그랬으랴. "조심해라, 또 조심해라." 남자 없이 타지에 홀로 사는 혈육을 향한 형제들의 염려, 그리고 명치 깊은 곳을 찌르던 삐딱한 사람들의 삐딱한 언어와 시선, 그런 것을 느낄 때마다 밀려오던 막막한 그 외로움….

그런 시간 뒤에 얻은 사위다. 나는 누가 오면 자꾸 사위가 한 일을 이야기한다. 어떨 때는 내가 말해 놓고 별일이다 싶어 민망한 적도 있다. 나는 왜 자꾸 사위 자랑을 할까.

고장 난 농기계를 손보거나 과수원의 여러 시설을 살펴주는 일이 고마운 것은 두말할 나위도 없다. 하지만 우리 식구가 더 의미를 두는 것은 우리 집에도 남자가 있다는 평범한 사실이다.

우리는 평범한 일상을 보낼 때 지루함을 느끼기도 한다. 하지만 그 평범함에서 벗어나 보면 그것이 얼마나 소중했는지 깨닫는 것이다.

이번 주말에도 사위는 또 올 것이다. 든든한 장정이 포도밭을 돌보는 풍경, 우리 포도밭도 이제 남자가 있는 지극히 평범한 과수원이다.

(2012. 9. 18.)

가을 공연

 가섭산 꼭대기에서 시작한 단풍이 짧은 보폭으로 천천히 내려와 우리 포도밭에도 사뿐히 당도했다. 지금 포도밭 무대에는 단풍잔치라는 화려한 작품이 상연되고 있다.

 사실 포도나무는 화려함에는 관심이 없다. 이른 봄, 가섭산 입구 쪽의 사과밭에 화사한 능금 꽃이 만발할 때도, 주변의 복숭아밭에 복사꽃 잔치가 무르익을 때도, 포도나무는 나 몰라라 하는 표정으로 제 할 일만 했다.

 드디어 오월 말경, 포도나무도 꽃을 피우기 시작한다. 그런데 보통 꽃의 수술 같은 싱겁기 짝이 없는 생김새다. 배꽃·사과꽃·복사꽃·살구꽃, 하다못해 앵두꽃까지. 사람들의 시선을 확 잡아 끌만큼 화려한 꽃들의 축제가 끝나 갈 즈음, 포도나무는 잎새 뒤에서 가만가만 수줍은 표정으로 꽃을 피우는 것이다.

어느 꽃도 흉내 낼 수 없는 특별한 꽃향기가 있지만, 그 소박한 포도꽃에 관심을 두는 사람은 드물다. 그 점이 못내 아쉬웠던 걸까. 포도나무 잎의 단풍은 지금 저녁노을보다 아름다운 빛을 발하며 마지막 열정을 토하고 있다.

포도나무 단풍은 품종마다 조금씩 다르다. 델라웨어 잎은 주황에 가까운 노란색으로, 정포도 잎은 연둣빛이 감도는 연한 노란색으로 물든다. 거봉과 홍서보는 조금 늦게 갈색에 가까운 주황색으로 물들고, 언뜻 붉은빛이 감도는 건 스튜벤이라는 품종이다.

배우가 열연하면 작품 감상에 정성을 다하는 것이 관객의 예의다. 나는 포도나무가 상연하는 작품을 마음 다해 감상한다. 이 작품은 감상하는 방법이 좀 특별하다. 서서 보거나 앉아서 보아도 충분히 아름답지만, 나는 엎드린 자세로 가랑이 사이에 얼굴을 넣고 거꾸로 바라본다. 그러면 바로 볼 때와는 비교도 안 되게 넓은 시야 한가득 마음껏 벌이는 저들의 잔치만 들어온다. 노랑·주황, 그리고 아직 남아 있는 푸른 잎사귀…. 그 많은 잎새가 색의 농담에 따라 수없이 다양한 색을 자아낸다. 그것은 어울림과 조화가 만들어내는 아주 특별한 빛깔이다. 이 장관 앞에서 나는 한 가지만의 화려한 색에서는 볼 수 없는 완벽한 아름다움을 본다.

지금 한국사회라는 무대에서도 대선이라는 작품이 상연되고 있다. 그런데 내용이 매우 소란스럽다. 지금까지 별 문제 안 되던 전 대통령의 NLL 관련 발언, 상대 후보의 다운 계약서 등의 문제로 흠집 내기에 바쁘다. 그것이 그렇게 중요했다면 이전까지는 왜 조용했던 걸까. 이것은 표를 얻기 위해 국민을 흔드는 것이 아닐까. 그러나 다행한 것은 과거와는 달리 그런 꼼수까지 앞서 읽을 만큼 관객의 의식이 성숙해졌다는 것이다.

식물의 잎이 종류에 따라 단풍의 색이 다른 것은 이유가 있다. 엽록소는 날씨가 추워지면서 서서히 파괴된다. 엽록소가 사라지면 푸른빛에 가려져 있던 카로티노이드라는 색소가 드러나는데 이것이 노란 단풍이다. 빨간 단풍은 이와는 좀 다르다. 날씨가 선선해지면 안토시아닌이라는 붉은 색소를 부지런히 만들어내 엽록소가 파괴되면 꽃보다 화려한 색을 발하는 것이다. 반면 늘 푸른 상록수는 잎이 두껍고 외피가 왁스 성분으로 되어 있어 겨울에도 얼지 않는다.

원래 있던 색소가 드러나기를 기다리는 노란 단풍도, 마지막까지 무언가를 만들어내고야 마는 빨간 단풍도, 사계절 늘 푸른 상록수의 삶도 우리 인간사와는 다른 것 같다. 단풍 든 나무는 푸른 나무를, 푸른 나무는 단풍 든 나무를 돋보이게 해 주면서도 시기하는 마음 없이 서로를 보완해주며 아름다움을 연출한다.

가을 단풍 앞에서 대선이라는 작품을 다시 생각한다. 상대방을 흠집내야 내가 올라가는 것이 무슨 의미가 있겠는가. 관객들은 알고 있다. 자신의 철학이나 능력을 통해서만이 정말 내가 돋보일 수 있다는 것을.

이 가을이 저물기 전에 모두의 가슴이 훈훈해지는 그런 공연을 보고 싶다.

(2012. 10. 23.)

네 살 천사

뉴스는 온통 대통령 선거에 집중되어 있다. 여·야당의 두 후보는 국민을 위한 정치를 하겠다며 다투어 목청을 돋운다. 그토록 듣고 싶던 내용이 뉴스 머리마다 장식하지만, 마음은 자꾸 다른 곳을 향한다. 환청처럼 들리는 네 살배기 아이의 울음소리 때문이다.

주남저수지 네 살 남아 사망사건. 처음 뉴스에 나올 때 아이가 마지막으로 입었던 그 허름한 옷을 보고 와락 연민이 솟구쳤다. 이 추운 날씨에 내복 수준의 얇은 옷을 입히다니. 더구나 폭행당한 흔적이 많고 장에 음식물이 남아 있지 않았다는 말에 가슴이 더 아팠다. 나는 유괴당한 후 많은 학대를 받고 목숨을 잃은 것이 아닐까 짐작했다.

그런데 뉴스를 며칠간 보다 보니 충격적인 사실이 드러났다.

범인이 아이의 엄마이고 사망 요인은 구타였다. 아니라고 믿고 싶지만 엄마라는 사람이 태연하게 상황을 재연하는 것을 보면 아무래도 사실인 것 같다. 일일이 다 챙겨줄 수 없어서 신이 대신 보내준 존재가 엄마라는데 그 엄마가 범인이라니. 그렇다면 신이 실수한 걸까.

네 살, 어떤 두려움에서도 엄마의 품속에만 들면 천사의 표정으로 잠들 나이가 아닌가. 그 아이는 어머니에게서 그런 감정을 느끼기는커녕 엄청난 크기의 공포심 속에 숨을 거두었을 것이다. "엄마 엄마 아파!" 하고 아무리 외쳐도 멈추지 않는 폭력이 얼마나 무서웠을까.

세상 모든 것이 흉흉하게 변해도 끝까지 변치 않을 단 하나가 모성일 것이라 나는 믿었다. 한데 그 어머니 최 씨는 어쩌다가 마지막 보루인 모성까지도 그리 망가뜨리고 만 걸까.

최 씨는 어릴 적 부모로부터 학대를 받았다고 한다. 부부싸움을 하던 아버지가 어머니를 흉기로 찔렀고, 병원으로 이송되던 중 교통사고로 아버지가 사망했다고 한다. 이후 친척 집을 전전하며 살았다니 그 삶이 얼마나 비참했을지 짐작이 가고도 남는다. 이번 사건은 부모에게 폭행을 당한 아이가 성장하여 자녀에게 폭행을 대물림한 사건이다. 어떻게 해야 이렇게 가슴 아픈 일이 우리 사회에서 사라지게 할 수 있을까.

빈부의 격차, 인성 교육의 부재, 정신 질환, 삐뚤어진 가치관 등. 굳이 분석해 보자면 사건 발생 이유는 너무도 많다. 이런 것을 뭉뚱그려 한 마디로 사회적 불안이라 표현하는 것일 게다. 불안한 사회를 안정시키려면 그 구성원 하나하나의 노력이 있어야 할 것이다. 그다음은 정치가 역할을 제대로 해야 하지 않을까.

나는 이번 대선에 희망을 걸고 있다. 그래서 양강 구도로 압축된 두 후보를 꼼꼼히 살피는 중이다. 살기 좋은 나라로 만들겠다는 말이 진심인지 유권자를 현혹하기 위함인지, 두 후보가 걸어온 삶의 발자취는 어떠했는지, 또 후보의 정당이 걸어온 길은 믿을 만한지 등등.

설령 소 잃고 외양간 고치는 격이라 해도 파손된 외양간은 고쳐야 한다. 남은 소들을 지키기 위해서다. 이번 선거에 반드시 참여해야 하는 것은 그것이 병든 사회를 고치는 실마리가 되는 중대한 행위이기 때문이다. 지금도 어디선가 학대받는 또 다른 아가들의 비명에 귀 기울이는 행위도 될 것이다. 그것조차 하지 않고서야 하늘로 간 네 살 천사의 슬픔에 어찌 눈물 흘릴 자격이 있으랴.

(2012. 12. 4.)

2부

2013년

새해 아침에

괴산에 있는 왕소나무 한 그루가 사투를 벌이고 있다. 4.7m의 줄기가 용이 승천하는 모습을 닮아 용송龍松으로 불려 온 나무다.

지난여름, 태풍 볼라벤의 위력은 대단했다. 600년 긴 세월 동안 굳건하게 한 자리를 지킨 나무를 단숨에 쓰러트렸으니….

이 거송巨松을 살리기 위해 문화재청과 괴산군이 적극적인 치료에 나섰다. 쓰러진 나무의 추가 손상을 막기 위해 와송臥松으로 보존하기로 하고 철제 보호시설을 설치했다. 뿌리가 잘 나도록 발근촉진제 처리도 하며 갖은 노력을 한다는 소식이다. 소나무 한 그루에 쏟는 지극한 정성이 고맙다.

부러진 가지를 정리하고 부직포 붕대로 칭칭 감은 나무. 이 환자 나무의 사진 위로 아픈 환영이 스친다. 눈보라 치는 철탑 위에서 농성하는 노동자들의 모습이다. 가지가 부러지고 뿌리가 끊어진 거송의 아픔은 그들에게도 있다. 크레인 위에서, 철탑 위에서….

그들은 무얼 호소하려고 동상의 고통도 마다 않고 칼바람 부는 곳에 오른 걸까. 그 이유는 자신의 주장을 널리 알리기 위해서일 것이다. 아니다. 그것은 어쩌면 죽을 만큼 힘드니까 제발 살려달 라는 절규인지도 모른다. 수령 600년의 귀한 나무이기는 하나 한 낱 나무에조차 온갖 정성을 들이건만, 살려 달라, 제발 들어 달라 는 이웃의 호소는 외면하는 현실이다.

내 이웃이 목청 높일 때 나는 어디서 무얼 한 걸까. 지난날의 나를 아픈 마음으로 돌아본다. 따스한 방에서 따스한 밥을 먹으며 TV 오락프로그램을 보며 웃느라 나는 그들의 소리를 듣지 못했 다. 어찌 나뿐이겠는가. 대다수 우리는 그 호소를 귀담아듣지 않 았다. 그보다는 어느 후보가 다음 정권을 이끌어야 내가 살기 편 해질까, 그것에만 신경 썼다.

그것에 실망이라도 한 걸까. 대선이 끝나자마자 일이 나고 말았 다. 비정규직 노동자로 일하던 한 젊은 노동자가 스스로 세상을 등지고 만 것이다. 대선 이후 벌써 두 번째 사건이다.

서른다섯 살의 이 노동자에게는 두 아들과 아내가 있다. 생각만 으로도 눈물 나는 아내와 두 아들을 두고 그는 무슨 심정으로 막 다른 선택을 했을까. 그들의 상황이 어떠하기에 생떼 같은 목숨을 버렸단 말인가.

그 노동자는 부당한 해고를 한 회사 측에 "태어나 듣지도 보지도 못한 돈 158억 손해배상 철회하라"는 유서를 남겼다고 한다. 이제야 생각해보니 어느 매체를 통해선지 그런 이야기를 들은 것도 같다. 158억…. 엄청난 금액이지만 놀랍지도 않았다. 어찌어찌 해결되겠지, 자주 있는 일이니까…, 그렇게 생각했다. 노사관계 등의 복잡하고 머리 아픈 뉴스라 의식적으로 빨리 지워버렸다. 나와 또 다른 많은 내가, 더 나아가 정치권까지 외면하자 그는 더 깊은 절망으로 빠져들었을 것이다.

이제 죽기 살기로 편 가르고 대결하던 대선도 끝났다. 어떤 이는 여당 후보를 선택하며 애국했고, 어떤 이는 야당 후보를 선택하며 애국했다. 결과에 따라 어떤 이는 환호하고, 어떤 이는 절망에 빠져있다.

당선자가 해야 할 중요한 일은 절망에 빠진 48% 국민의 가슴에 희망을 심어주는 일이라고 본다. 왕 소나무를 돌보는 정성으로 약자의 아픔에도 귀 기울여주길 바라는 마음이다. 그것이 당선자가 누누이 말한 대통합의 길로 가는 가장 빠른 길이 될 테니까.

봄이 되면 용송龍松은 뿌리를 내릴 것이다. 그리고 우리가 어떻게 역사를 이어가는지 지켜볼 것이다. 지난 600년 아픈 역사를 말없이 지켜보았듯….

계사년의 새해 아침, 함박눈이 참 푸지게도 온다.

(2013. 1. 1.)

연중행사

일월이면 나는 꼭 하는 일이 있다. 십오륙 년 해온 일이니 연중행사라 해도 과언은 아니지 싶다.

그것은 '한국농어촌여성문학회'가 매년 2월에 출간하는 ≪농어촌여성문학≫이라는 동인지를 편집하는 일이다. 방방곡곡의 회원 수가 170여 명이니 한 달 이상 매달려야 할 정도로 일이 많다. 힘겨운 일이지만 지난 계절 치열하게 살아온 문우들의 이야기를 한 발 앞서 듣는 재미가 쏠쏠하다.

한 해 동안 농어촌의 사정을 잘 이해하려면 이 책을 읽으면 된다. 세계화 시대를 맞아 농산물 가격은 어땠는지, 결혼풍속은 어떻게 변화하고 있는지, 풀과는 어떤 전쟁을 치르는지 등등. 투박하게 풀어내는 촌부들의 이야기가 더할 수 없이 구수하다. 거기에 중앙문단에서 활발한 활동을 하는 문우들의 글이 중심을 잡아주어 읽는 재미가 맛깔나기까지 하다.

　최근에는 태풍, 혹한, 가뭄, 장마 등 기후에 관한 소재의 글이 많다. 어떤 문우는 작년에도 물 폭탄에 고추 농사를 망쳤는데 올해 또 볼라벤에 당했다. 멀리서 전세 버스로 견학 올 정도로 그림같이 농사를 잘 지어놓았더니 볼라벤이 한 방에 다 쓸고 가더란다.

　수입농산물 덕분에 농민들의 맷집도 두둑해졌다. 웬만한 피해라면 어찌어찌 견뎌낼 수도 있다. 하지만 몇 해 연거푸 피해를 보니 백전노장도 당할 기운이 없다. 만일 월급 한 푼 없이 한 삼년 살라고 한다면 누가 당할 것인가. 게다가 농자재 값은 외상으로 남았다니 우지끈 부러진 농심에 목울대가 아파지는 것이다.

　아픔만 있다면 무슨 재미로 이 두툼한 책을 다 읽을 수 있겠는가. 저물녘이면 굴뚝마다 밥 짓는 연기 모락모락 올라가던 오래전 고향 풍경도 있고, 젖내 솔솔 풍기는 아기의 웃음소리도 있다. 아스라이 사라져간 귀한 문화가 한 편의 작품으로 되살아날 때는, 삶을 잠시 내려놓고 그 향기에 젖어보는 여유도 생기게 마련이다.

　'한국농어촌여성문학회'는 1991년에 한 회원의 제안으로 창립되었다. 이 회원은 농어업에 종사하며 글을 좋아하는 여성들을 한 자리에 모아달라는 간곡한 편지를 '한국농어민신문사'에 보냈다. 그리고 아주 짤막한 기사가 실렸다.

작은 기사였지만 결과는 놀라웠다. 전국에서 50여 명의 촌부가 모인 것이다. 젖먹이를 업고, 또는 코흘리개 아이 손을 잡고 우리는 서울 상경을 했다. 결혼 후 처음으로 가져 본 오직 나만을 위한 일박이일의 시간이었다. 그렇게 탄생한 우리 문학회는 이제 스물한 살 청년의 나이이다. 그때 새댁이던 우리는 손주들 재롱에 도끼자루 썩는 줄 모르는 할머니가 되었다.

무언가 정체된 느낌이던 우리 문학회에 올해 들어 새댁 네 명이 들어왔다. 그것은 도시로 나간 젊은이들이 귀향하는 현상의 한 단면이기도 하다. 아기 울음소리 끊긴 고즈넉한 산촌에 네쌍둥이를 한꺼번에 얻은 기쁨이다.

이번 호를 편집하면서 가장 좋았던 점을 꼽으라면 몇 년째 등장하던 소재 한 가지가 빠진 것이다. 바로 구제역을 소재로 한 글이 없다는 것이다.

그리고 보니 슬며시 한 가지 소망이 생긴다. 태풍·혹한·가뭄 등으로 입은 피해의 소재도 이 여세를 몰아 슬슬 퇴장해 주었으면…. 그렇게만 된다면 15포인트의 원고도 돋보기로 봐야 하는 시력이지만 연중행사를 가뿐하게 치를 수 있을 것도 같은데….

(2013. 1. 15.)

약속

올겨울에는 눈이 참 많이도 온다. 녹을 만하면 오고 또 오니 가섭산 꼭대기는 산신령님 머리처럼 늘 허옇다.

우리나라 겨울은 건조한 편이다. 과실수들이 겨울에 얼어 죽는 것은 꼭 추워서만은 아니다. 추위보다 더 무서운 것이 건조함이 다. 깊이 잠든 나무라도 최소한의 수분은 있어야 삶을 이어갈 수 있다. 추운 데다 가뭄까지 겹치면 겨울눈冬芽이나 가지가 말라 동 해冬害를 더 잘 받는 것이다.

휘이이잉―, 맨몸으로 서 있는 포도나무 사이로 날선 바람이 사 납게 불어댄다. 그래도 나는 그다지 걱정하지 않는다. 눈雪을 믿는 까닭이다. 눈은 한꺼번에 왔다가 급히 달아나버리는 비와는 다르 다. 매일 조금씩 녹아 나무가 목마르지 않게 해주고, 지상의 매서 운 추위에 뿌리가 노출되지 않도록 보호막 역할도 해 준다. 일이 없는 겨울에도 이따금 밭에 들러 포도나무를 살피고는 한다.

나무가 겨울을 잘 날 거라는 믿음에 발걸음도 가볍게 집으로 향한다. 포도밭 위쪽으로 십여 분쯤 걸어가면 가섭산 초입에 우리 집이 있다.

복숭아밭 옆길을 지나 사과밭 언저리에 다다르자 저 앞에 고라니 한 마리가 보인다. 흰 눈을 배경으로 정지 화면처럼 서서 나를 바라보는 고라니. 내가 가까이 가자 급할 것도 없다는 듯 천천히 사과밭으로 들어가더니 산 쪽으로 올라간다. 먹이를 찾아 내려온 것 같은데, 이 눈밭에서 얼어붙은 사과 조각이라도 좀 찾아 먹기나 했는지…. 찬바람 불어대는 사과밭 속으로 사라지는 뒷모습이 안쓰럽다.

가섭산에는 멧돼지도 있지만 고라니는 꽤 많다. 봄에는 고라니와 숨바꼭질을 얼마나 했는지 모른다. 어린나무를 심어놓으면 고라니가 와서 딱 한 가지 올라오는 여린 순을 뜯어먹어 버리는 것이다. 간신히 숨은 눈이 터져 새순을 받아놓으면 또 먹어버려 애를 먹었다.

그래도 나는 고라니에게 모질지 못하다. 어린나무를 망쳐놓으니 앙숙일 것 같지만, 겁 많은 고라니가 놀랄까 봐 그저 쫓는 시늉만 한다. 긴 목을 두리번거리며 포도밭을 거니는 모습이 얼마나 평화로운지. 부지깽이도 뛰어야 할 판인 일철에도 그 순한 표정을 만나면 잠시 일손을 놓고 느긋해지는 것이다. 왁자하게 바쁜 속에서 얻은 잔잔한 그 평화를 무엇으로 가치를 매길 수 있으랴.

일상에 허덕이던 내게 정서적 풍요를 주던 고라니가 먹을 것이 없어 헤매는 걸 보니 마음이 영 편치 않다. 과수원에는 눈이 축복이지만 산짐승에게는 시련이다. 양분이 농축된 겨울눈이나 가랑잎이 눈에 묻혀버린 산에서 고라니는 배를 주렸을 것이다. 산 아래로 내려왔지만, 여기라고 좋은 수가 있는 것도 아니다. 눈 덕분에 포도나무가 겨울을 잘 날 거라고 좋아한 것이 어째 좀 겸연쩍다.

인정머리 없게도 시련의 계절은 점점 더 깊어 간다. 포도나무와 고라니는 그래도 절망하지 않는다. 자연의 약속을 믿는 까닭이다. 추위가 점점 더 심해짐은 생명으로 들썩이는 봄이 가까워진다는 약속이고, 굶주림이 더해짐은 나긋한 새싹 넘치는 봄이 곧 온다는 약속이다.

한 번 정한 것은 절대로 어기지 않는 자연의 약속…. 그 무거운 신뢰 앞에서 깨닫는다. 너무 가볍게 약속을 저버리는 우리가 얼마나 나약한 존재인가를.

혹한 한가운데 의연하게 서 있는 포도나무도, 산으로 올라간 배고픈 고라니도, 이 시련을 잘 이겨낼 수 있을 것이다. 사람 사는 세상이 불신으로 가득하다 해도 자연은 반드시 약속을 지키니까.

(2013. 1. 29.)

설 연휴

설 연휴가 끝나고 작은딸 내외는 제 집으로 갔다. 처음으로 두 딸과 사위와 넷이서 보낸 오붓한 명절이었다. 정확히 말하면 넷이 아니라 다섯이서 보낸 설이다. 굳이 다섯이라 정정하는 것은 작은 딸이 뱃속에 예쁜 아기를 키우고 있기 때문이다.

작은딸이 임신한 뒤 나는 TV시청 장르가 바뀌었다. 전에는 드라마를 가장 재미있게 보았다면 지금은 아이들이 주인공인 프로에 더 관심이 많다. 그중에서도 행동에 문제가 있는 아이 훈육하는 법을 배울 수 있는 〈아이가 달라졌어요〉라는 프로를 즐겨본다. 이 프로그램을 보면 내가 연년생 두 딸을 키우며 쩔쩔매던 때가 생각난다.

스물여덟에 나는 이미 두 딸의 어미였다. 누구 하나 도와줄 사람 없는 까마득히 외딴 과수원집에서였다. 두 아이에게 소홀할 수밖에 없는 상황은 그렇다 치더라도, 나는 올바른 훈육도 잘할 줄 몰랐다. 고백하건대 모성만 강했지 아이에게는 비교육적인 어미였음을 부인할 수 없다. 그때 이런 프로가 있었더라면 좀 더 현명한 어미가 될 수 있었을 텐데 하는 아쉬움이 크다. 그렇게 조금은 무지했던 철부지 어미 아래에서도 두 딸은 훌쩍 자라 벌써 혼기가 찼다.

큰딸이 도통 결혼할 생각이 없는 사이 작은딸이 제 언니를 제치고 먼저 시집간 것이 작년 봄이다. 그런데 벌써 내게 할머니가 되게 해 주겠다며 대놓고 생색을 낸다. 그 바람에 웃을 일이 많다.

지난해 여름, 작은딸이 저만치에서 칫솔같이 생긴 것을 들어 보이며 나를 향해 배시시 웃었다. 작은 막대기에 두 줄의 선명한 빨간 색의 모습으로 아기는 우리와 첫 대면을 했다. 이후로 아기는 초음파 사진으로, 심장 뛰는 소리로, 제 어미의 입덧으로, 그리고 태동이라는 점점 더 실감 나는 모습으로 우리에게 오고 있다. 큰딸과 나는 작은딸의 부른 배 위에 같이 손을 대보고 태동이 느껴지면 환호한다. 서로 느낌도 이야기하고 아기와 교감도 나누며 건강한 출산을 기다리는 것이다.

온 강산이 연초록 잎사귀로 싱그러움의 절정에 이르는 오월, 천지사방에 아카시 꽃향기 은은한 오월이 오면 우리 가족은 아기와 온전한 상봉을 할 것이다. 남들에게는 없는 일인 것처럼 유난히 더 아기를 기다리는 데는 이유가 있다.

내가 혼자 음성으로 와서 포도나무를 심은 지 벌써 7년이 흘렀다. 처음 주위에서는 응원하는 마음 반, 염려하는 마음이 반이었다. 염려하는 사람 중에는 내가 혹시 잘못된 길로 가는 건 아닐까가 컸다. 방향을 잘못 정하면 아무리 노를 저어도 원하는 곳에 닿을 수 없다. 돛단배를 타고 망망대해를 혼자 건너는 것 같은 불확실성, 그 한가운데서 나라고 어찌 두려움이 없었으랴. 그래서 더 앞만 보고 달려온 시간이었다. 그 사이에 두 딸이 같이 농사를 짓게 되었고 사위까지 얻었다.

작은아이가 결혼할 때 나는 나 홀로 가정에서 드디어 일가를 이룬 감격이 컸다. 하객들의 시선이 집중된 예식장에서 친정엄마라는 사람이 부끄러운 줄도 모르고 싱글벙글했다.

그리고 이제는 다음 세대가 곧 태어나는 것이다. 이는 나의 삶이 더 단단하게 뿌리내리고 있다는 뜻이기도 하다. 그리고 7년 전 내 선택이 틀리지 않았음도 말해 주는 것이다.

나는 여기서 한 걸음 더 욕심을 내 본다. 가까운 미래의 어느 설 연휴부터는 사람 좋은 큰사위도 함께 할 수 있기를….

(2013. 2. 12.)

거 참, 말 되네

시설 보수를 위해 전문가 아저씨가 청년 한 사람과 왔다. 친구분의 부탁으로 데리고 다닌다는 청년은 깔끔한 차림에 피부색이 하얗고 얼굴도 곱상하다.

아저씨가 전동 드릴을 윙윙거리며 지나가자 너무 높아 작업하기 불편하던 포도밭 천장이 적당한 높이로 조정되었다. 마치 가려운 곳 긁어주는 효자손처럼 시원하게 일이 되었다.

그런데 아저씨가 일하는 간간이 청년에게 뭔가를 지시한다. 그러거나 말거나 청년은 마이동풍이다. 급하면 아저씨가 달려가 직접 연장을 꺼내간다. 손발이 맞지 않으니 아저씨도 심기가 불편한 표정이다.

청년이 해야 할 일은 아저씨를 보조하는 일이다. 하지만 정작이 청년이 하는 일은 포도밭 일과는 관계없는 것이 대부분이다.

담배 피우기, 핸드폰 검색하기, 쉬기, 시도 때도 없이 가래침 뱉기, 화장실 가기, 서서 먼 산 바라보며 명상하기 등등이다. 웬만해야 봐 줄 만하지 이건 너무 고약하다. 예순 나이에도 열정적으로 일하는 아저씨 옆에서 보조도 잘 못해 주다니. 정말이지 딱 먼지 안 날 만큼만 패 주고 싶은 청년이다.

나와 함께 전지剪枝하던 작은 아이도 몇 번이나 지적한다. 일이 왜 그렇게까지 하기 싫은지 이해할 수 없다며 실습생 이야기를 한다.

우리 집과 포도밭 사이에는 큰 사과밭이 있다. 그 사과밭 주인 아저씨의 사과 재배 기술은 매우 뛰어나다고 알려져 있다. 그 기술을 배우기 위해 한국농수산대학 학생이 해마다 두 명씩 실습을 나온다. 실습생들은 온갖 힘든 일, 궂은일 마다치 않는다. 날씨가 추워도 더워도 그 학생들은 주인처럼 일한다. 몸으로 직접 부딪치며 많이 경험해야 온전한 자기 기술이 된다는 것을 아는 까닭이다. 그런 자세라면 앞으로 틀림없이 훌륭한 농사꾼이 될 게 아닌가. 작년에는 하도 장해서 나는 한참씩 서서 바라보기도 했다.

이 청년은 그 학생들보다는 한참 형벌이다. 하긴 처음부터 무언가 좀 석연찮았다. 포도밭에 일하러 오는 사람 복장이 너무 말쑥했기 때문이다.

일하기 싫은 사람 억지로 끌면서 하는 것은 혼자 하는 것보다 더 힘이 든다. 나는 하루 함께 일하고도 멀미가 날 지경인데 그 부모는 오죽할까. 일하기 싫은 자식 얼마나 달래고 얼러서 친구에게 맡겼을지 짐작이 간다. 자식 바르게 인도하려고 친구에게는 또 얼마나 부탁했겠는가. 그 부정父情이 애잔하다.

새참 시간이 되었다. 내가 청년에게 무얼 하던 사람인지 물어보았다. 청년의 대답이 동문서답에 걸작이다. 사람들은 직업에 귀천이 없다고들 하는데 자기는 직업에 귀천이 있다고 생각한다는 것이다. 그러면서 자기는 이런 일은 한 번도 안 해 보았다며 우리를 딱한 시선으로 쳐다본다.

퇴근 시간이 되었다. 아저씨가 머쓱한 표정으로 내일은 다른 사람을 데리고 오겠다고 하며 가셨다.

작은딸이 그 뒷모습을 보며 말한다. 직업에는 귀천이 없는데 사람은 귀천이 있는 것 같다고. 아무리 힘든 일도 좋은 생각으로 하면 귀한 일이 되지만, 아무리 그럴싸하게 폼 나는 일도 나쁜 생각으로 하면 천한 일이 되지 않겠느냐고. 결국 사람이 어떤 일을 귀하게도, 천하게도 한다는 것이다.

거 참, 말 되네.

(2013. 3. 17.)

사월의 그림

사월이다. 그렇게 기승을 부리던 꽃샘추위도 별수 없이 꽁무니를 감추고 말았다.

시나브로 생명을 피워 올린 대지는 봄기운이 완연하다. 가장 먼저 봄 마중에 나선 것은 저 혼자 피고 지는 들꽃들이다. 벌써 꽃대를 올리는 냉이 무더기 저만치에, '나도 별이다.' 하며 별꽃이 함초롬한 미소를 짓는다. 이에 질세라 민들레와 개망초도 점점이 초록 무늬를 찍느라 분주하다.

자연의 도화지는 아직 무채색에 가깝지만 머지않아 온통 연초록 물감을 풀어낼 것이다. 신록 하나만으로도 자연은 우리를 웃게 하고, 때로는 눈물짓게 하며, 서로 마음의 벽을 허물게도 한다. 사람의 능력으로는 감히 흉내조차 낼 수 없는 숭고한 그림을 그리는 자연 앞에 잠시 숙연해진다. 자연의 큰 품 안에 하나의 점이 된 나도 나만의 도화지에 작은 그림을 그리기 시작했다. 배경은 포도밭이다.

여태 잠잠하던 포도나무의 겨울눈에도 미세한 변화가 보인다. 전지를 시작할 때보다 약간 봉긋해진 것이 깊은 잠에서 깨어나려는 낌새다. 한 열흘쯤 지나면 눈을 틔우고 시시각각 커질 것이다.

나의 붓놀림은 그 어떤 화가보다 신속하고 정확해야 한다. 성장이 빠른 포도나무의 속도를 따라가지 못하거나, 방향을 잘 못 잡으면 그림을 망칠 수도 있기 때문이다. 그것은 나의 일 년 수고가 무용지물이 된다는 뜻이다. 함께 농사짓는 작은 아이에게도 아픔일 수밖에 없다.

그래서 나는 포도농사가 시작되면 팽팽한 긴장감으로 예민해진다. 발아기를 지나 새순이 자랄 때면 포도 생각을 잠시도 내려놓지 못한다. 하루 단위로 바뀌는 포도밭 사정을 훤히 꿰뚫고 있지 않으면 중요한 것을 놓쳐버리기 때문이다. 이후에도 포도 수확이 완전히 끝날 때까지 잠시도 마음을 놓을 수 없다. 내가 농사지은 포도를 먹은 사람이 행복한 표정을 짓는 것, 그에 따라 내 통장에 원하는 숫자가 찍히는 것, 이것이 올해 내가 바라는 완성된 그림의 최종적인 모습이다.

포도농사는 자식농사와도 닮은 점이 참 많다. 갓난아기가 걸음마를 하고 말을 배울 때의 감동, 학교라는 큰 사회에 첫발을 내딛던 때 교차하던 불안과 기대…. 그 모든 과정을 거쳐 성인이 되어도 자식은 늘 마음 한구석에 자리하고 있는 것 같다. 때로는 기쁨이다가 어느 순간 아픔인 존재, 내 발걸음을 무겁게도 하고 가볍게도 하는 자식. 나만 열심히 잘 산다면 두려울 것 없는 아줌마 베짱이지만, 두 아이를 생각하면 매사 조심스러워지고 하는 것이다. 게다가 새로운 길 앞에 아이가 서 있다면 그 조심스러움이 한층 더해지게 마련이다.

큰아이는 이 봄에 나와 다른 그림을 준비하고 있다. 그동안 접어 두었던 꿈 카페 개업을 드디어 하게 된 것이다. 엄마를 도와 두어 해 농사를 지었지만, '바리스타'로서의 꿈을 이루고 싶어 했다. 오랜 꿈을 이루게 된 것이 어미도 기쁘기 한량없다.

그토록 원했지만 큰아이가 준비하는 그림도 쉽지만은 않을 것이다. 색은 다를지 몰라도 어미의 그림 못지않은 어려움이 있을 수도 있다. 하지만 무려 오륙 년을 한 가지 꿈만 꾸어오지 않았던가. 마침내 이루게 된 소망인 만큼 조심스럽지만 힘차게 자신만의 그림을 그려가길 바라는 마음이다.

사월이 가기 전에 큰아이는 진한 커피색 물감을 찍은 붓을 들고 제 그림의 첫 점을 찍을 것이다. 꽃 잔치 성황인 계절을 배경으로

커피향 그윽한 카페 '사락사락私樂私樂'이라는 그림을. 이곳에서 커피를 마시면 사사로운 즐거움이 솔솔 피어날 것 같은 그런 그림을.

(2013. 3. 31.)

아주 특별한 별

늘 적요하던 포도밭이 왁자하다. 한꺼번에 스무 명의 일손이 왔기 때문이다. 휴일인데도 불구하고 '음성군 농업기술센터 농촌사랑봉사단'에서 포도밭 일을 도와주러 나왔다.

원래 주목적은 꽃매미알 제거작업이었다. 그런데 스무 명의 혈기왕성한 일손을 보자 슬며시 욕심이 생겼다. 꽃매미알 제거작업은 딸과 해도 되지만, 차광망 펴는 일은 한꺼번에 많은 일손이 필요하지 않은가. 앞으로도 이렇게 많은 일손을 한 자리에 모을 기회는 쉽게 오지 않을 것이다.

바닥에 차광망을 펴는 이유는 풀이 못 올라오도록 하기 위해서다. 풀이 우거진 곳에는 그놈의 뱀이 웅크리고 있기 마련이다. 나는 뱀이 너무 무섭다. 농사지으면서 가장 힘들게 느끼는 점이 뱀과 맞닥뜨렸을 때의 공포감이다. 그놈을 보면 순간적으로 앞을 향하던 모든 감각이 일시에 뒤로 확 튕긴다. 마치 힘껏 잡아당겼다 놓아버린 활시위가 튕겨나가는 것과도 같다. 피가 거꾸로 돈다는 말이 있는데, 그 표현은 이런 상황 때문에 나왔는지도 모른다.

그런 사정으로 잡초 제거에 많은 고민을 한다. 일 년에 세 번 정도 제초제를 뿌리면 포도밭을 말쑥하게 할 수 있지만 그건 참 내키지 않는다. 그래서 아예 풀이 올라오지 못하게 차광망을 바닥에 펴는 것이다. 문제는 이것이 보통 힘든 일이 아닐뿐더러 많은 일손이 필요하다는 점이다. 마침 이렇게 일손이 많이 생겼는데 욕심을 안 부릴 수 있나. 주목적을 약간 수정해 차광망 펴는 일부터 하기로 했다.

작년에 제 역할을 다한 차광망은 바닥에 널브러져 있다. 겨우내 바람에 시달리며 몇 번이고 뒤집힌 상태다. 그것을 판판하게 펴는 작업이니 먼지가 많이 날 수밖에 없다. 사무실에서 일하던 공무원들에게 매우 미안하지만, 눈 질끈 감고 큰일 하나 줄이기로 한 것이다.

포도밭 이랑 길이 80여 미터에 일손은 약 스무 명이다. 사람들이 이랑에 죽 늘어섰다. 주말이라 온 사위도, 다음 달이 출산인 딸도 늘어서니 포도밭 이랑이 꽉 찬다. 마치 줄다리기 전에 선수들이 늘어선 것 같은 장관이 연출되었다.

이제 펴기 시작한다. 땅바닥에서 눈보라에 부대껴 흙에 묻힌 곳, 새끼처럼 배배 꼬인 곳, 이미 풀이 차광망을 뚫고 올라와 땅에 들러붙은 곳…. 예상대로 작업은 만만하지 않다.

그러나 사람의 힘은 더 위대하다. 으샤 으샤, 힘쓰는 만큼 포도밭은 검은 차광망 바닥이 되어간다. 한창 속도를 내며 자라던 봄풀들이 한 이랑 한 이랑 차광망의 암흑 속에 갇힌다. 환삼덩굴·소루쟁이는 물론이고, 나태주 시인 덕분에 재조명받고 있는 민들레·냉이·꽃다지·꽃마리·별꽃 등의 풀꽃도 운명을 피하지 못하고 차광망을 뒤집어쓴다.

올봄에 나는 많은 풀꽃 중에 유난히 별꽃에 마음이 갔다. 연초록 사랑스러운 잎새에 다문다문 꽃을 피우는 대지 위의 아주 작은 별, 누가 알아주든 말든 저 혼자 피고 지며 묵묵히 자기 소명을 다 한다. 주위의 어떤 상황에도 아랑곳하지 않고 제 일에 열중인 별꽃을 대하면 나 스스로를 돌아보게 되는 것이다. 무에 그리 섭섭한 것도, 애가 타는 것도, 아쉬운 것도 많은지. 밤하늘에 반짝이는 별에 영롱한 아름다움이 있다면, 별꽃의 아름다움은 우리 영혼을 비춰주는 맑음에 있지 않을까. 사람들이 어영차 힘을 낼 때마다 차광망이 그 사랑스러운 별꽃조차도 무자비하게 덮어버린다.

그러나 별꽃을 집어삼킨 깜깜한 차광망 위에는 또 다른 별이

총총하다. 황금 같은 휴일에 포도밭에서 먼지를 뒤집어쓰며 땀 흘리는 사람들, '음성군 농업기술센터 농촌사랑봉사단'이란 은하에서 온 아주 특별한 별이….

(2013. 4. 14.)

몽유도원도

포도밭에 활기가 넘친다. 5년 동안 포도밭을 덮고 있던 비닐을 벗기는 날이기 때문이다.

열한 명 장정들의 몸짓이 기운차다. 일부는 하우스 위로 올라가 클립을 벗기고, 아래에서는 영차영차 비닐을 당기고…. 거대한 미닫이문이 열리듯 한 이랑 한 이랑 포도밭 천장이 열린다.

오후 새참 시간이 되자 견고하게 하늘을 가리고 있던 포도밭 천장이 완전히 열렸다. 열린 공간에 드러난 하늘이 드높다. 비닐을 통해 올려다보던 희뿌연 하늘과는 다른, 선명한 하늘을 바라보는 내 마음도 푸르다. 시원하게 열린 시야에는 6년 전 이곳을 처음 만났을 때 보았던 풍경이 펼쳐지고 있다.

평택에서 오랫동안 포도농사를 지어오던 나는 여러 사정으로 거처를 옮겨야 하는 상황을 맞았다. 많이 생각할 것도 없이 스승님이 계신 음성에 새 둥지를 틀기로 했다.

스승님 댁에서 숙식을 해결하며 적당한 터를 구하러 다니다가 발견한 곳이 여기다. 이 땅을 보자마자 나는 '이곳이다.' 생각하며 무릎을 쳤다. 스승님 계신 읍내가 저만치에 보이고, 북쪽으로 음성의 상징처럼 우뚝 솟은 가섭산이 있어 겨울에는 북풍을 막아 줄 지형이었다. 동·서·남쪽이 훤하게 트였으니 햇빛이 충분한 것은 두말할 것도 없다. 게다가 점질황토니 이보다 좋을쏘냐. 여기에 포도를 심으면 포도 맛은 떼어 놓은 당상일 터였다. 그때의 감동에 젖어 천천히 한 바퀴 돌아본다.

온통 복숭아밭이 눈에 들어온다. 이제 막 꽃을 피우기 시작한 복사꽃이 화사하다. 옆의 복숭아밭은 색깔 구색을 그럴듯하게 갖추고 잔치 중이다. 봄풀들의 싱그러운 연초록 치마에 분홍빛 복사꽃 저고리를 입은 모습이랄까. 게다가 연초록 치마에는 아기의 웃음소리 같은 민들레꽃으로 노랗게 수까지 놓고 있지 않은가. 이곳의 풍경에 한참 젖어 있으면 조선 시대 최고의 산수화가 안견이 그린 〈몽유도원도〉 속으로 내가 들어온 느낌이다.

정쟁이 치열하던 시대를 살던 안평대군이 꿈에서 복사꽃 만발한 낙원을 만났다고 한다. 험준한 골짜기를 지나 만난 그 경관이 너무도 선명하고 아름다워 아끼던 안견을 불러 꿈 이야기를 했다.

그 이야기를 들은 안견은 단 사흘 만에 〈몽유도원도〉를 완성했다고 한다. 화려함의 극치를 이루면서도 과한 것이 아니라 더욱 높은 품격을 드러내는 〈몽유도원도〉.

그러나 이 세계적인 걸작은 일본의 소유가 된 지 오래다. 애석하게도 우리는 화첩으로나 감상할 수밖에 없다. 다행히도 나는 복사꽃 피는 이맘때면 살아 숨 쉬는 〈몽유도원도〉 속을 거니는 행운을 누리고 있다.

가섭산 아래에 옹기종기 모여 사는 포근한 농가의 모습은 〈몽유도원도〉의 왼쪽 현실 세계의 모습이다. 북쪽에 우뚝 솟은 가섭산은 그림 중간에 배치된 중간세계로 보면 될 듯하다. 눈길 닿는 곳마다 복사꽃 절정인 복숭아밭이 바로 그림에서 이상향을 나타낸 무릉도원이 되는 것이다.

어떤 경로로 일본에 갔는지 알 수 없지만 다시 찾아오기 어렵다는 귀한 그림 〈몽유도원도〉. 단 한 번 우리의 손에 들어올 기회가 있었으나 경제력이 없어 포기했기에 더 안타까운 우리의 문화유산.

복사꽃 피는 계절, 이 그림이 간절하게 생각나시거든 음성 가섭산 자락으로 오시라. 농부의 정직한 삶이 녹아 있어 더 큰 감동을 안겨 줄 살아있는 〈몽유도원도〉 속을 거닐며 안견의 예술혼을 더 듣어 볼 수 있을 터이니. (2013. 4. 28.)

잔인한 오월(2)

　우리 동네는 복숭아밭이 참 많다. 포도밭에 서서 한 바퀴 빙 돌아보면 눈길 닿는 곳마다 복숭아밭일 정도다. 어디를 바라보아도 마음이 절로 흐뭇해지는 곳이다. 인심 또한 넉넉해 내가 좋아하는 복숭아를 여름철 내내 떨어질 새 없이 먹을 수 있다.

　그러던 동네가 올해는 영 심상찮은 분위기다. 복숭아나무가 너무 많이 죽었기 때문이다. 지난겨울의 혹한에 복숭아나무가 버텨내지 못한 것이다. 길가에까지 가지를 뻗으며 싱싱한 잎을 나풀대던 나무들이 이리도 참혹한 변을 당하다니.

　읍내에서 열리는 품바 축제에 잠깐 들렀다오는 길에 이장님을 만났다. 이장님네 복숭아나무도 피해를 많이 보았다고 한다. 푸르러야 할 복숭아밭이 휑하다. 날씨는 급변해도 사람의 표정은 더디게 바뀌는 걸까. 상황이 이런데도 늘 그러던 것처럼 이장님 얼굴에는 웃음 가득하다. 하지만 그 속의 시름을 농사꾼인 내가 어찌 모르리.

근년 들어 기후는 농사꾼이 어찌해 볼 수준을 넘고 있다. 겨울이 추운 것은 그렇다 치더라도, 여름은 지나치게 뜨거워지고 봄은 언제였는지 모를 정도로 잠깐 왔다 가버리고 만다. 사월까지 영하의 기온에 함박눈이 내리다가, 오월에는 갑자기 한여름 더위가 몰려온다. 나무들이 적응을 못 하고 비실비실하니 농사꾼 발걸음에 신명이 없다.

이런 판국에 농기계 가격 담합 소식이 들려온다. 농업을 주로 다루는 언론에서는 이렇다 저렇다 말이 많지만 농사꾼은 이제 놀라지도 않는다. 사실 뭐 그것이 그리 놀랄 일인가. 작은 농기계 하나에도 천만 원이 훌쩍 넘고, 큰 기계는 억대를 가뿐히 넘는 가격. 그렇게 복잡하다는 자동차 가격에 비하면 농기계 가격이 턱없이 높다는 것을 우리는 전부터 알지 않았던가. 의지만 있었다면 원가, 세금 이런 것 계산해보면 적정 가격이 나올 일이었다.

쉬쉬했던 일이 이제 드러났지만 흐지부지 넘어갈 것을 우리는 안다. 비료, 농약 담합 사건 때도 부당이익과 비교하면 빙산의 일각 수준의 과징금으로 넘어갔으니까. 또 얼마의 과징금으로 마무리되고, 앞으로도 농자재 가격의 찜찜한 가격은 유지될 것이

뻔하다. 농민의 고혈을 빨아 돈 잔치를 벌이는 쪽은 또 있을 것이고, 엄정한 수사로 명명백백 밝히겠노라는 호언장담이 있겠지. 하지만 필시 업체와 관계기관의 협조가 있을 터….

돈이라는 놈은 대체 어떤 귀신에 씌었기에 가진 자는 더 가지려 온갖 꼼수를 다 부리는 걸까. 없는 자는 또 어째서 타인을 배려하는 마음을 갖게 되는 걸까.

지금 읍내에서는 품바 축제가 한창이다. 거지 성자 최귀동 할아버지의 정신을 기리는 축제다. 최귀동 할아버지는 금왕읍 무극천 다리 아래서 얻어먹을 힘도 없는 걸인 열여덟 명을 돌본 분이다. 40여 년간이나 걸인들을 보살핀 할아버지는 오직 먹을 것만 얻어 날랐다고 한다. 배고픈 사람들이 먹고 생명을 이어갈 밥 외의 것은 사양했다는 것이다. 다리 밑에서 살자니 필요한 물품이 오죽 많았을까. 그럼에도 다른 물품을 사양한 그 마음의 깊이를 나는 도무지 가늠할 수가 없다. 그래서 우리는 최귀동 할아버지를 거지 성자라 부르며 품바 축제를 통해 그 나눔과 맑은 정신을 이어가려는 것일 게다.

해가 넘어가면 일과를 마친 농사꾼들도 축제장으로 발걸음을 할 터이다. 생기 잃은 복숭아나무 생각일랑 잊어버리고 삼삼오오 몰려 앉아 쓴 소주 한 잔씩 나누겠지. 시름 따위는 없는 듯 과장된

헛웃음을 지으면서.

농사꾼의 마음을 아는지 모르는지 신록은 싱그럽다. 참으로 잔
인한 오월이다.

(2013. 5. 26.)

내리사랑

포도 꽃 피는 계절이다. 거봉 나무와 청포도 나무들은 지금 한창 연둣빛 화관을 벗는 중이다. 농사꾼의 눈에는 활짝 핀 포도 꽃이 보이지만, 어머니의 마음으로 보면 포도나무는 지금 산고를 치르는 것으로 보인다.

화관을 벗으면 뽀얀 수술이 드러난다. 이때가 중요하다. 화관을 벗을 때 암술의 머리 위에 꽃가루를 잘 떨어트려야 수정이 이루어지기 때문이다. 꿀벌의 도움 없이 스스로 꽃가루받이를 해야 하는 포도꽃은 그래서 이리 넉넉한 꽃가루를 갖게 된 걸까. 풍성한 꽃가루는 4,500평의 넓은 포도밭을 온통 벅찬 향기로 감싼다.

발걸음을 델라웨어 밭으로 옮긴다. 다른 포도 보다 사나흘 먼저 꽃을 피운 이곳은 조금 다른 풍경이다. 만개 시점을 지나 개화 막바지에 이른 델라웨어는 이제 수정이 거의 이루어졌다. 거봉이나 청포도 나무가 산고를 치르는 중이라면, 델라웨어는 막 출산한 직후의 모습이다.

　포도알은 수정 직후부터 커진다. 벌써 통통해지는 포도알에는 화관과 수술 찌꺼기들이 아직 남아 있다. 하지만 대엿새 정도 지나면 이런 찌꺼기들도 다 분리되고 연초록 아기 포도는 아침이슬 같은 영롱함으로 나를 감동에 젖어들게 할 것이다. 쭈글쭈글한 피부의 갓난아기가 하루가 다르게 통통하니 예뻐지는 것과 어쩜 이리도 비슷한지. 산모에게 미역국을 주듯 산고를 잘 치른 포도나무에 흠뻑 물을 준다. 물을 주는 내 마음이 바쁘다. 가야 할 곳이 있기 때문이다.

　최근 일주일째 한낮에는 손녀를 만나러 간다. 부지깽이도 뛰어야 할 만큼 바쁘지만 나는 손녀 만나는 재미에 푹 빠져 포도밭을 비운다. 포도농사 지은 지 30년이 되어가지만 이 바쁜 시기 한낮에 집안에서 쉬는 것은 처음이지 싶다. 아기는 새싹보다 나긋한 부드러움으로 바쁜 내 손을 단박에 멈춰버린 것이다.

　일주일 전, 비 오던 날이었다. 점심때가 가까워도 작은아이가 오지 않았다. 만삭의 몸이지만 일하는 것이 순산에 도움 된다며 매일 포도밭에 오던 아이다.

　때가 왔구나 싶었다. 전화했더니 한참 만에야 사위가 받았다.

전화기 너머로 산고를 치르는 작은아이의 비명이 들렸다. 많은 일손을 얻어 일하던 날이었는데, 포도밭 일에 지장 있을까 봐 어미에게는 알리지 않은 듯했다.

전화를 끊은 나는 어찌할 바를 몰랐다. 어차피 겪어야 할 과정이거늘 어쩌자고 그토록 가슴이 쿵쾅거리는지. 그 누구도 대신할 수 없는 산고, 더구나 첫아이를 출산하는 고통임에랴. 빗소리에 묻히던 작은아이의 비명이 메아리처럼 자꾸만 울리고 있었다. 포도밭 비닐 천장은 비에 젖고, 내 볼은 눈물에 젖고 있었다.

오후 새참 시간 무렵이었다. 포도 꽃향기 그윽한 포도밭에 딸을 순산했다는 소식이 날아들었다. 손녀를 얻은 기쁨보다 산고가 끝났다는 안도에 가슴을 쓸어내리던 순간이었다.

그리고 일주일째, 나는 아기를 만나느라 가장 더운 한낮에는 서너 시간씩이나 포도밭을 비운다. 넉넉한 모유 덕분에 아기는 하루가 다르게 볼이 통통해져 간다. 꽃이 핀 직후부터 시시각각 통통해지는 연초록의 포도알처럼 말이다. 아무리 바쁜들 오전 내 내 눈앞에 아른거리는 아기를 안 보고 내 어찌 일만 하겠는가. 빨리 가려고 허둥대기까지 한다.

이 바쁜 계절에도 매일 보아야만 하는 이 감정은 무엇일까. 보아도 또 보고 싶은 이 끌림은 무엇일까. 아래로 아래로만 흐르는 물

처럼, 자연스러운 이 감정을 사람들은 '내리사랑'이라 하는가 보
다.

(2013. 6. 9.)

상팔자

유월의 포도밭 일은 해도 해도 끝이 보이지 않는다. 새 가지가 반듯하게 자라도록 유인도 해야 하고, 곁순도 따야 하고, 봉지도 씌워야 하고, 풀도 관리해야 한다. 오가며 허리까지 올라오는 명아주가 보이면 얼른 뽑고 지나간다. 환삼넝쿨이 포도나무를 감고 올라가는 것은 보아 넘기지 못한다. 날카로운 가시가 찔러대도 기어이 뿌리를 찾아 뽑아버리고 지나간다.

이맘때는 복숭아밭도 포도밭 못지않게 일이 많다. 복숭아 봉지를 씌우는 시기이기 때문이다. 주변의 복숭아밭은 벌써 봉지 씌우기가 막바지에 이른 것 같은데, 일손을 빨리 구하지 못한 나는 내일부터 포도 봉지 씌우기를 시작하게 되었다.

봉지 씌우기 전에 해야 할 일이 많다. 너무 큰 송이는 조금씩 다듬어 적당하게 만들어야 하고, 포도알이 너무 많이 달린 송이는 적당히 알을 솎아줘야 한다. 대체로 포도송이가 적당하게 잘 형성

되었지만, 수많은 포도송이 중에 손 봐야 할 송이도 적지 않다.

내일부터 일손이 오지만 이 일은 시킬 수 없다. 지금 시점에서 잘 생긴 포도에 손을 대야 하는데, 포도를 망칠까 봐 과감하게 가위를 대지 못하는 것이다. 아주머니들은 좋은 송이 앞에서 한참 쳐다보다가 포도 몇 알 따고서는 지나가 버리고 만다. 지금 완벽해 보이는 송이는 알이 다 굵으면 너무 커진다고 아무리 설명해도 도통 통하지 않는다.

문제는 이 '적당히'라는 말이다. 이건 순전히 감으로 판단하는 건데, 복숭아밭 일을 주로 해온 아주머니들에게 포도송이를 적당하게 만들어 달라는 것은 무리일 수밖에 없다.

새댁들에게는 정확한 레시피가 있다. 정해진 분량의 재료로 정해진 방법대로 조리하면 모양과 맛이 그럴싸한 요리가 나온다.

하지만 요리를 잘하는 오랜 경력의 주부에게는 정확한 레시피가 없다. 대신 새댁들이 넘볼 수 없는 '적당히'가 있다. 지지고 볶는 것도 적당히, 데치고 무치는 것도 적당히, 칼질도 적당히 하고 양념도 적당히 대충 넣지만, 음식을 먹어보면 새댁 음식과는 그 깊이가 다르다. '적당히'는 많은 시행착오 뒤에 나온 귀한 결과이기 때문에 새댁에게는 까마득한 미래의 단어일 수밖에 없다.

4,500평 드넓은 포도밭에 혼자 서서 포도송이를 적당하게 만든

다. 작년까지만 해도 두 딸과 함께 한 일인데, 지금은 달랑 나 혼자다. 큰 아이는 카페에서 커피를 뽑고 있을 테고, 얼마 전에 출산한 작은 아이는 아이에게 젖을 먹이고 있을 것이다.

일은 줄지 않고 마음만 바쁘다. 땅바닥은 보지 않고 포도송이만 보며 옆으로 가다 바닥에 놓인 박스에 걸려 넘어졌다. 맞은 편 포도나무 아래 그늘에서 누워있던 순심이가 "멍!" 하고 딱 한 번 짓는다. 녀석은 누워서 고개도 움직이지 않고 눈동자만 굴리면서 나를 바라본다. 주인이 넘어졌는데 꼼짝도 하지 않다니 게으른 녀석 같으니라고. 내가 땅바닥에 앉아서 다리를 문지르는데 지는 뭐가 좋은지 슬렁슬렁 꼬리를 흔든다. 누가 오면 무서워서 도망가며 짓는 녀석을 이뻐해 줬더니 주인이 넘어졌는데 꼬리를 흔들다니. 괘씸하다는 생각을 하다 피식 웃고 만다.

너무 바삐 살지 말자는 것이 내가 늘 하는 생각이다. 하지만 농사일은 때를 놓치면 안 되기 때문에 늘 동동거리게 된다. 이것이 농사꾼의 운명인지도 모르겠다.

넘어진 김에 쉬어갈 생각으로 포도나무 그늘에 자리 잡고 앉는다. 맞은편에서 순심이는 아직도 나를 바라보며 천천히 꼬리를 흔든다. 여전히 고개는 움직이지도 않고 눈길만 주면서….

그래, 네 팔자가 상팔자다.   (2013. 6. 23.)

무한 반복

정수리를 달구며 내리쬐는 땡볕이 맹렬하다. 두 달도 안 된 손녀가 포도밭에 왔다가 더위에 쫓겨 제집으로 가는 길이다. 어른도 버거워하는 더위를 이겨내느라 아기 얼굴이 발갛게 상기되었다. 신호등에 걸려 차가 잠시 멈추자 용케도 알아차리고 울음을 터트린다. 사위의 운전이 다소 급해진다.

집에 도착하자마자 딸 내외와 나는 일사불란하게 움직인다. 내가 아기 달래며 옷을 벗기는 동안 사위는 목욕물을 받고, 딸은 아기 옷과 수건 그리고 기저귀 등을 준비한다.

물에 들어가자마자 아기의 표정이 편안해진다. 아기 기분이 저조할 때는 물속에서 한참 기운을 빼고 젖을 먹여야 잠을 잘 잔다. 한참을 느긋하게 목욕시키고 젖을 먹이자 아기는 천사의 표정이 된다.

그런데 젖을 다 먹은 아기가 자꾸 칭얼거린다. 평소 같으면 새근 새근 잠들어야 할 아기가 온몸을 뻗대며 잠투정이 심하다. 제 어미가 안아도, 제 아비가 안고 온 집을 누비며 멋들어진 자장가를 불러 줘도 막무가내다. 순둥이라며 칭찬했더니 이제 보니 황소고집이다.

그저께 왼팔을 조금 다쳐 약을 먹고 있지만, 할 수 없이 내가 받아 안고 자장가를 부르며 토닥인다. 오래전 어머니가 조카들에게 불러주던 정겹고 구성진 가락이다.

"자장자장 우리 아기 자장자장 잘도잔다 자장자장 자장자장"

내 자장가에 아기는 거짓말처럼 얌전해지더니 이내 잠든다. 희한하게 아기는 칭얼대다가도 내 품에만 오면 순해지고는 한다. 딸 내외는 비결을 알아내려고 애를 쓴다. 아기를 안은 오른팔의 각도와 머리를 받친 왼손의 모양과 위치를 유심히 보고 발걸음까지 따라 해 보지만, 아기는 한사코 보채기만 한다는 것이다.

내 생각에 비결은 무한 반복에 있지 않나 싶다. "자장자장 우리 아기 자장자장 잘도 잔다…" 어머니의 심장 박동과 유사한 네 박자의 끝없는 반복 효과에 아기가 쉽게 잠들지 않았을까. 나직한 소리와 반복되는 짧은 낱말, 제 아비의 멋진 자장가 솜씨보다 단조로운 할미의 리듬이 편안했던 게다.

딸 내외는 노래를 잘 부른다. 둘이 기타 치며 노래를 부르다

만나 결혼까지 했으니 자장가 솜씨가 세련되고 훌륭한 것이야 두 말할 나위도 없다. 그런데도 아기는 내가 불러주는 촌스럽고 어설픈 자장가에 금세 안정을 찾고 잠든다.

1970년, 오스트리아에서 세계 자장가 대회가 있었다고 한다. 어떤 자장가를 들은 아기가 빨리 잠드는지에 대한 대회에 모차르트, 슈베르트, 브람스 등의 훌륭한 작곡가의 자장가들이 모두 나왔다. 그런데 거기서 당당히 1위를 한 자장가가 바로 한국 할머니의 자장가였다고 한다. "자장자장 우리아기 자장자장 잘도 잔다…" 이 단조로운 리듬의 반복효과가 세계 거장들의 자장가를 제친 것이다.

아기는 생애 처음 맞이한 여름을 무척 버거워한다. 하지만 많은 반복을 겪은 뒤 여름이 편해질 때쯤 아기는 훌쩍 자라 있을 것이다. 그때는 이 더운 여름을 어쩌면 가장 좋아하는 계절로 꼽을지도 모르겠다.

첫 경험이 어찌 더위뿐이겠는가. 아기는 앞으로 많은 상황을 첫 경험하게 될 것이다. 그 첫 경험의 무한 반복을 통해 신체적 발달, 언어, 습관 등을 하나하나 습득하게 된다. 제 어미·아비는 아기가 질 좋은 무한 반복을 경험해 좋은 것을 많이 습득하도록 해 줘야 할 것이다. 그것이 아기가 어떤 인격체로 성장할지 결정해 줄 테니까.

(2013. 7. 22.)

낯가림

　내 첫 손녀딸 서연이가 오늘은 원피스를 입고 포도밭에 등장했다. 백일기념일을 맞아 제 어미가 한껏 모양을 내 준 것이다.

　백일기념 잔치는 포도밭에서 열렸다. 말이 잔치지 사돈댁 식구들과 점심 한 끼 같이하는 조촐한 자리다. 딸 내외는 아침부터 분주하다. 백설기를 찾아오고 시장도 봐 오고…. 포도 손질 때문에 바쁜 나는 그저 마음만 보탠다. 준비가 끝날 때쯤 사돈댁 가족을 태운 차가 포도밭에 당도했다.

　석 달여 만에 손녀딸을 만나는 사돈이다. 갓난아기 때 보고 간 후 처음 맞는 상봉이니 얼마나 반가울까. 나는 사돈에게 늘 미안한 마음이 들었다. 하루가 다르게 크는 과정을 가까이서 지켜보는 기쁨을 나만 누려서다.

　그 조그만 것이 배냇짓을 하며 배시시 웃던 모습, 처음 눈을 떴을 때의 감동, 고개를 가누던 날의 대견함, 낯가림으로 울음을 터트리는 것, 먹고 자고 싸는 모든 것이 그저 이쁘기만 했다.

기록적인 더위와 모기 때문에 서연이는 주로 교육장에 머물렀다. 제 어미는 거기서 서연이를 돌보며 포도 주문받는 일을 했다.

작업장과 교육장의 거리는 대략 30m쯤 될까. 일하다가도 나는 불현듯 서연이가 보고 싶어 달려가서 보고는 했다. 그 투명하고 평온한 표정을 대하면 57년간 찌든 내 안의 때가 맑은 물에 헹궈지는 느낌이었다. 마음 벅차오를 때면 이것이 바로 행복이구나 하고 생각했다. 그 느낌의 크기는 어디에도 비교의 대상이 없다. 여태까지의 행복을 다 모아놓은 것만큼의 크기라고 해도 과장이 아니다. 나의 지난 삶이 어쩌면 너무 척박했다 할지라도, 서연이는 그것을 상쇄하고도 남는 기쁨을 내게 주기 때문이다. 그런 서연이를 사돈은 석 달 만에야 만나는 것이니 내가 미안할밖에.

짐작대로였다. 사돈댁 식구들은 도착하자마자 서연이에 대한 관심이 폭발적이었다. 할아버지, 할머니, 큰아버지, 이모할머니…. 모두 만면에 웃음을 띤 채 돌아가며 서연이를 안고 환호했다.

그러나 이 일을 어찌할꼬. 이미 얼마 전부터 낯가림을 시작한 서연이가 아닌가. 어른들은 좋아 죽겠다는 듯 웃는데, 민망하게도 서연이는 무서워 죽겠다는 듯 자지러지게 우는 것이다. 한결같이 자기를 보호해주던 어미·아비는 보이지 않고 낯선 얼굴에 에워싸인 서연이. 두려움 띤 표정에서 서연이가 느끼는 공포심이 고스란히 내게 전해졌다.

음식 나르느라 바쁜 제 어미·아비는 태연한 표정인데 나는 전전긍긍했다. 그렇다고 사돈 품에서 손녀딸을 떼어놓는 것은 대단한 실례가 아닌가. 어쩌면 좋을까, 어떡하면 좋을까. 잠시 주위를 배회하던 나는 "아이고 사돈! 얼른 식사하셔야지요." 하며 얼렁뚱땅 서연이를 받아 안았다. 그리고는 종종걸음으로 작업장 싱크대 앞에서 무언가 하고 있는 제 어미 품에 갖다 안겼다. 어미 가슴에 얼굴을 묻은 서연이는 마치 스위치라도 끈 듯 울음을 뚝 그쳤다.

지금의 서연이에게는 엄청난 두려움인 낯가림. 어찌 오늘의 일뿐이겠는가. 앞으로도 헤아릴 수 없이 많은 종류의 낯가림이 서연이 앞에 놓일 것이다. 사물에 대한 낯가림, 경험과 장소 또는 환경이나 관계에 대한 낯가림 등등. 이 모든 것에 대한 낯가림을 통해 서연이는 세상을 하나하나 배워갈 것이다.

나는 믿는다. 한 단계 한 단계 나아가는 동안 서연이도 깨닫게 되리라는 것을, 낯선 것은 두려운 것이 아니라 호기심을 갖게 하며 어렵지 않게 극복할 수 있는 대상이라는 것을.

(2013. 9. 1.)

농사와 농업

오늘 드디어 포도 수확을 마무리했다. 돌아보니 두 달 넘는 날을 하루도 쉼 없이 달려왔다. 포도를 따고 포장하느라 그 어떤 행사나 모임에도 불참하며 더러는 야간작업까지 한 강행군이었다. 강렬하게 내리쬐던 땡볕 아래에서 포도를 따기 시작해 가을 초입까지 왔으니 기나긴 마라톤의 결승점을 통과한 느낌이다.

올 농사는 전에 없이 순조로웠다. 포도나무들은 눈을 고르게 틔워 이른 봄부터 주인에게 기쁨을 주었다. 새순도 잘 자라고 꽃도 어찌나 참하게 피던지. 일은 많아도 알알이 자라는 포도송이를 보며 마치 잘 자라는 자식을 바라보는 마음처럼 흐뭇했다.

모든 농사에서 가장 큰 보람이라면 당연히 수확이지 싶다. 봄철에 씨 뿌리고 여름 내내 콩죽 같은 땀을 흘리는 이유는 수확을 위함이 아니던가.

그런데 이상한 일이다. 이제 막 수확을 끝내려는 지금 나는 뿌듯함보다는 허무한 생각이 더 드는 것이다. 일 년 내내 재미있게 농사를 지었고, 태풍 없는 해를 맞아 비 피해 가장 적은 수확을 했는데 왜 이런 기분일까.

그 이유는 모든 과정이 다 좋았음에도 소득이 너무 낮아서 그런 것 같다. 나는 모든 포도를 직거래한다. 포도 값을 제대로 받기 위해 관리가 까다로운 고급 종을 재배하고 품질을 높이는 데 공을 들인다. 좋은 품질에 품종의 희소성까지 더해 가격을 톡톡히 받는 편이다. 그래도 그동안은 판매에 별 어려움이 없었고 포도농사에 대한 애정은 식을 줄 몰랐다.

그런데 올해는 판매에 적잖은 어려움이 있었다. 어렵다는 경제 때문일까, 수입포도 영향 탓일까, 올해는 어찌어찌 했지만 내년에도 잘할 수 있을까, 포도농사를 계속 지어도 좋을까, 만일 작목 전환을 한다면 무얼 해야 할까…. 30년 동안 포도농사만 지어온 열정이 온데간데없이 사라진 느낌이다. 그렇다면 그건 열정이 아니라 단순히 돈벌이 수단이었단 말인가. 나는 시중의 포도 가격보다 거의 두 배를 받아도 계산이 안 맞아 울상인데, 시중으로 출하하는 농사꾼들은 그 수입으로 어떻게 생활할까.

포도 철 시중에는 품질은 좋으면서도 가격은 너무도 저렴한 포도가 차고 넘친다. 20년 전 가격에서 약간 올랐다 내렸다 할 뿐이다. 인건비, 농자재, 농기계 등의 생산비는 오르는데 포도 값만은 요지부동이다.

그 수입으로 그분들은 일 년을 어떻게 살아낼까. 내 분야의 최고 기술을 가졌지만 무능하다 취급받는 사람들, 안락한 삶은 내 것이 아니라고 일찌감치 믿어버린 사람들, 꼭 반드시 해야 할 지출 외에는 지갑을 열지 말아야 하는 사람들…. 그 사람들이 얼마나 소비 욕구를 억제하며 긴축해야 하는지 나는 그 삶이 훤하게 보인다.

FTA 협정이 발효되어도 포도농사에 지장 없다고 말하는 사람도 많다. 시중에 넘치는 포도를 보고 하는 말이겠지만, 수입포도 때문에 국산 포도 값이 생산비에도 못 미친다는 것까지는 알지 못할 것이다. 어찌 포도뿐일까. 콩·깨·밀 그리고 우리의 주식인 쌀값까지….

만약에 직장인의 월급이 어느 순간 반 토막, 아니 3분의 1로 줄었다고 가정해보자. 일은 전과 같이 하고 다른 물가는 다 오르는데 월급만 줄었다면, 그래도 조용히 받아들일 사람이 몇이나 될까.

그러나 농사꾼은 그래도 농사를 짓는다. 아무리 힘들어도 어버이가 자식 키우는 것을 마다치 않는 것처럼 농사를 짓는다. 나긋한 싹을 키울 때는 부드러운 심성으로, 열매를 가꿀 때는 가없는 대견함으로, 내가 키운 농산물이 제값을 못 받을 때는 내 자식이 푸대접받는 안타까움으로…. 나는 이런 농사꾼을 보고 바보라서가 아니라 땅의 모성을 닮은 심성 때문이라고 생각한 적이 있다. 그런데 포도농사가 어려워도 다른 대안이 없는 지금의 나는 생각이 바뀌고 있다. 그것은 땅의 모성을 닮아서가 아니라 다른 대안이 없어서가 아닐까 하고.

FTA 협정이라는 거대한 돌부리에 걸린 농업에 위정자들이 좀 더 마음 써 주기를 바라는 것이 무리일까. 넘어지지 않으려고 버둥거리는 손 조금만 잡아주어도 신명 나게 농사지을 수 있을 것 같은데.

하지만 정치권은 지금 난데없는 검찰총장 혼외 아들 문제로 한 달 내내 시끄럽다. 저런 일로 시간을 이리 심하게 낭비하다니. 자신들의 힘겨루기에 쏟는 에너지를 농업에 좀 쏟을 수는 없을까. 생업의 위기 앞에 선 나는 그 일이 그렇게까지 궁금하지도 않을뿐더러, 바닥에 무엇을 덮으려는 의도가 깔린 것 같아 화가 난다.

농사가 재미있는 것만큼이나 농업도 재미있을 날은 정말 요원한 걸까.

(2013. 9. 29.)

값비싼 대가

봉학골 산책로를 걷는다. 봉학이 노니는 골짜기라 해서 이름 붙여진 이곳, 음성군에서 주민을 위해 조성한 공간이지만 증평이나 충주, 청주, 저 멀리 서울에서도 소풍 올 만큼 공기 맑은 것은 물론이고 휴식공간도 넉넉하다.

계곡 왼쪽의 오솔길을 따라 걸으며 산림욕을 즐긴다. 피톤치드 가득한 길에 들자 머리가 맑아지는 느낌이다. 이렇듯 자연은 우리에게 조건 없이 베풀건만 우리는 자연을 대할 때 이해타산을 하는 버릇이 있다.

계곡을 따라 제각기 다른 빛깔로 물든 단풍, 한 가지 색에서는 나올 수 없는 어울림이 아름답다. 나비의 날갯짓처럼 팔랑거리며 떨어지는 단풍잎을 따라간 내 시선이 계곡 물속에 멎는다.

작은 둑을 막아 물을 가둔 보 바닥에는 단풍잎이 깔려 부패가

진행되고, 바닥 전면에 두꺼운 이끼가 마치 콘크리트처럼 편편하게 끼어있다. 아이들이 물놀이를 즐길 수 있도록 보를 설치한 것 같은데 수질이 좋아 보이지 않는다. 봉학골에서 느끼는 자연이라는 이미지에 흠이 되지 않을까 염려스럽다.

삼림욕장 조성을 계획할 때 이 문제에 대해 많이 고민했으리라 짐작한다. 물을 즐기고 싶은 이용객을 위한 배려와 가능한 한 자연을 잘 보존해야 하는 두 가지 목적을 충족시키기가 쉽지 않았을 것이다. 설왕설래 끝에 자연은 최소한으로 건드리되 효과는 최대한으로 이끌어내는 쪽으로 가닥을 잡았을 것이고, 그리하여 전자前者를 택했으리라. 그 결과로 우리 아이들이 잠시 찜통더위에서 벗어나 마음껏 물놀이를 즐기고 있다. 가을 햇살같이 밝은 아이들의 웃음소리를 생각하니 그 선택이 잘못이라고만 볼 수도 없을 것 같다.

시원하게 돌아가는 물레방아를 지나 물놀이장에 다다르자 잘 닦은 산책로가 여기서 멈춘다. 동시에 정성 들여 조성한 정자와 잘 다듬은 정원수 등도 끝나고 정말 자연 그대로의 봉학골이 눈에 들어온다.

돌 틈 사이로 돌돌돌 흐르는 계곡 물이 어찌나 맑은지, 거울을 보는 듯 바닥이 다 보인다. 콩알만 한 작은 돌멩이까지도 보이는 투명함이 저 아래 보에 갇힌 탁한 물과는 비교할 수 없는 완벽한 맑음이다.

기껏해야 어린아이 무릎까지 차는 높이의 보가 아닌가. 그런데도 탁한 수질이 확연하게 보였다. 그렇다면 인공위성 사진에도 선명하게 찍힐 만큼 엄청나게 큰 규모의 4대강 보에 갇힌 물의 수질은 어떨까.

얼마 전에는 4대강에서 물고기가 떼죽음을 당했다는 보도가 있었다. 어디 그뿐이랴. 주변 농경지의 높아진 지하수위, 부실공사 때문에 금 간 보의 상태, 인근 주민의 생활 터전 파괴, 그리고 엄청난 예산 낭비와 계속 투입되어야 하는 시설 보수비 등등, 문제점이 수도 없이 드러나고 있다.

우리는 일본 원전 사고를 통해 자연 훼손이 우리 삶을 얼마나 불행하게 하는지 똑똑히 보았다. 그 여파가 우리나라에까지 미쳐 생선 등을 취급해서 생계를 이어가는 사람들의 경제가 뿌리째 흔들린다고 한다. 누구보다 열심히 살았건만 이웃 나라의 환경 훼손 때문에 마른하늘에 날벼락을 맞은 격이다. 더 큰 문제는 계속되는 방사능 유출을 막을 길이 없다는데 이 얼마나 무서운 일인가.

다행히 4대강 문제는 어려움이 있겠지만 해결할 수는 있을 것이다. 다만 천문학적인 예산이 또 필요할 터, 값비싼 대가를 치러야 하는 만큼 이번 기회에 우리는 깊이 깨달아야 하지 않을까.
함부로 자연을 건드리는 행위가 얼마나 교만하고 어리석은 짓인
가를.

(2013. 11. 10.)

김장

올해는 김장용 무·배추가 풍년이라고 한다. 풍년이 든 것은 기쁘지만 재작년 이맘때의 배추밭 풍경이 떠올라 마음이 스산하다.

그해 겨울은 눈도 많이 오고 추위도 몹시 심했다. 김장철은 끝났는데 가격 하락으로 수확도 못 한 무·배추밭이 태반이었다. 얼었다 녹기를 반복하며 무·배추가 사그라지고 농부의 꿈도 풍화되고 있었다.

그나마 올해는 김장을 몇 포기 더 하자는 움직임이 있다니 감사한 일이다. 우리도 넉넉하게 할 김장 풍경을 생각하니 내 마음이 벌써 넉넉해진다.

그날은 카페 일을 하는 큰아이가 쉬는 일요일이 될 것이다. 두 딸과 사위는 무슨 대단한 일이라도 하는 것처럼 고무장갑을 끼고 분답을 떨 것이 뻔하다. 절임배추 사 와서 내가 전날 다 준비해

놓은 양념 버무리기만 하면 되는 일일 텐데도 말이다.

그도 그럴 것이 김장에는 꼭 고춧가루, 마늘, 젓갈 등의 양념만 들어가는 것이 아니다. 김장에는 자고로 특별한 양념이 들어가야 제맛이 날 터, 저마다의 이야기보따리를 풀어 벌겋게 버무린 양념에 섞어 배춧잎 사이사이에 착착 감기게 넣어야 제대로 김장했다 할 것이다.

첫째 화두는 큰아이 카페 이야기가 되지 않을까. 큰아이는 몇 년 전부터 카페 운영을 꿈꾸어 왔다. 그에 따른 경험을 쌓으며 공부도 많이 했지만 꿈을 이루기는 쉽지 않았다. 쉽게 이룰 수 있는 것이라면 굳이 꿈이라고까지 하지 않았으리라. 어미의 포도 농사를 도와주는 등의 시간을 보낸 뒤에 이룬 꿈이다. 커피콩과 맛, 메뉴, 그저께 다녀온 카페 쇼 이야기며 근래에 개업한 또 다른 카페 이야기까지, 제법 진지한 이야기가 오가지 않을까 싶다.

사위 이야기도 자연스럽게 등장할 것이다. 직장 때문에 주말부부로 다소 불편하게 생활했는데 얼마 안 있어 그 문제가 해소될 전망이다. 음성지역으로 직장을 옮기게 되었기 때문이다. 새로운 출발이 순조롭기를 바라는 소망을 담아 진심 어린 덕담을 나누겠지.

하지만 그런 이야기들이 등장조차 못 할 가능성도 짙다. 서연이 때문이다. 태어난 지 겨우 반년이 되어가는 서연이, 그러나 그 반년의 시간은 우리에게 너무도 큰 변화를 주었다. 실제로 흐린 날에도 서연이가 있으면 맑은 날이 되고, 우울한 일이 있어도 서연이가 웃으면 환해졌다. 서연이가 웃으니 우리가 웃고, 우리의 웃음은 서연이를 더 웃게 했다.

그날도 서연이는 우리를 많이 웃게 할 것이 분명하다. 통통한 볼살을 보고도 웃고, 물을 먹는 것을 보고도 웃을 것이다. 표정, 손짓, 목소리 하나에도 우리는 웃음을 터트릴 것이다. 단출한 식구지만 함께 웃으며 다복한 시간을 갖게 되리라.

너무도 바쁘게 살아가는 현대인, 식구끼리 이야기를 풀어놓으며 한마음이 될 기회가 얼마나 자주 있을까. 무·배추 농사 풍년일 때 다소 넉넉한 김장을 하며 그런 기회를 가져보는 것도 좋지 않을까. 애틋하고 염려하는 마음도 양념과 함께 버무려 한 김장이라면 그 맛이 특별한 것은 두말할 나위도 없을 터, 돼지고기 보쌈 싸서 볼이 미어지게 먹고 먹여주며 한바탕 웃어보자. 내가 담은 김치로 겨우내 지져 먹고, 볶아 먹고, 그냥 먹고, 헹궈서도 먹어보자. 무씨 뿌리고 배추 모종 심던 날 하얀 이 드러내며 웃던 골 깊은 얼굴이 나로 인해 지금도 웃을 수 있도록….

(2013. 11. 24.)

모두 안녕하기를

　한 해가 천천히 저물어간다. 이맘때면 너나없이 너그러워져 그동안 못한 화해나 용서도 하고, 깊은 상처를 보듬어 아픔도 치유하기 마련이다.

　그런데 우리 사회는 지금 그 반대의 이유로 어수선하다. 국가기관의 선거개입 사건 때문에 이 엄동설한에 사람들이 촛불 시위를 벌이게 된 것이다. 대선 때도 제기된 의혹이지만 어찌 된 영문인지 사건의 전모는 드러나지 않았다. 오히려 국정원 여직원의 인권침해라는 엉뚱한 문제가 오랫동안 이슈화되었다. 피의자는 사건조사를 위해 나온 경찰이 들어오지 못하도록 안에서 문을 잠궜다. 왜 그 일을 인권침해라고 우기는지, 역공을 통해 사건의 본질을 와전시키려는 의도가 아닌지 의심스러웠다. 시간이 흐르자 예상대로 그 모든 것이 사실로 밝혀지면서 실망한 민심이 분노로 발전하기에 이른 것이다.

그런데 문제가 심상치 않다. 때마침 철도와 의료 민영화 문제가 맞물려 촛불이 점점 더 커지고 있다. 철도 노동자와 의사 등 그 분야에 종사하는 사람들, 즉 전문가들이 시위에 나섰으며 철도 노동자들은 파업을 진행 중이기도 하다.

이빈에도 정부는 결코 민영화 작업이 아니라고 말한다. 질 좋은 서비스를 받기 위한 조치라는 것이다. 복잡한 사정에 어두운 나 같은 사람은 어느 말이 맞는지 몰라 어리둥절할 따름이다. 하나를 놓고 양쪽이 반대로 우기니 한쪽이 거짓말하고 있음이 분명할 터, 이상한 것은 더 좋은 서비스가 있을 거라는데 사람들은 왜 오히려 펄쩍 뛰는 걸까.

이 의문 끝에 이솝우화 하나가 떠오른다. '늑대가 나타났다'고 거짓말한 양치기 소년의 이야기다. 두 번 거짓말할 때까지는 사람들이 달려왔는데 세 번째는 진짜 늑대가 나타났지만 아무도 오지 않았다. 하여 양도 소년도 잡아먹히고 말았다는 이야기다.

여기에서 안타까운 점이 있다. 첫 번째 거짓말이 있었을 때 사람들은 왜 거짓말하는 소년의 버릇을 고쳐주지 않았을까. 타일러서 안 되면 따끔하게 야단치거나 매를 들어서라도 다음 거짓말을 막았더라면 양과 소년의 생명을 지켰을 게 아닌가. 두 번의 거짓말에 실망해서 다시는 소년의 말에 반응하지 않은 사람들에게 소년에 대한 애정이 진실로 있었는지 의문이다.

우리는 지난 정부의 4대강 사업에 크게 실망한 바 있고, 국가기관의 선거 개입 사건이 축소 왜곡되는 것을 지켜보며 두 번째로 실망했다. 이제는 철도와 의료 민영화라는 세 번째 이슈 앞에서 국가권력과 촛불이 팽팽하게 맞서고 있다. 과연 어느 쪽이 거짓말하는 걸까.

이런 상황에서 한 대학생이 쓴 대자보가 주목받고 있다. 이런 사회적 문제들을 무시하고도 안녕하시냐며 질문을 던진 것이다. 사용한 단어가 전에 없이 잔잔하다. 싸우자는 주장도 없다. 다만 안녕하시냐는 질문이 있을 뿐이다. 반복되는 대립에 냉담하던 사람들이 안녕하지 못하다며 응답하고 나섰다. 촛불만 든 것이 아니라 이번에는 직접 쓴 대자보도 함께 들고 나왔다.

이것을 나는 권력에 맞선 투쟁이라고 보지 않는다. 좌우의 진흙탕 싸움에 신물이 난 가슴 가슴들이 한 대자보의 질문에 조용한 파문이 인 것이라 본다. 한 해를 마무리하는 지금이야말로 우리 사회도 서로 화해하기를 바라는 소망이 모인 것이라 해도 좋다.

이제는 권력도 이에 답할 차례라고 본다. 아픔을 각오하고라도 진실을 밝힌다면 우리 사회는 어쩌면 너무도 쉽게 화해를 이룰지

도 모른다. 화해는 결국 이 시대의 양과 소년을 지켜내는 가장
좋은 길이 될 것이다. 지금의 큰 아픔이 치유되는 날이 이 해가
가기 전에 올 수 있기를, 그래서 모두 안녕하기를….

(2013. 12. 22.)

3부

2015년

낳으라고만 하지 말고

네 살짜리 아이 폭행 사건이 공분을 사고 있다. 반찬을 남겼다고 어린이집 교사가 있는 힘껏 그 어린것을 때린 것이다.

그 화면을 처음 보았을 때 내 입에서는 순간적으로 외마디 비명이 튀어나왔다. 맞은 아이는 기절한 것처럼 꼼짝 못했다. 그런데, 그런데 잠시 후 그 아이가 엉금엉금 기어가더니 그 반찬을 주워 먹었다.

맞아본 놈이 아픈 걸 안다고 했다. 아프면 울어야 네 살 아이에게 맞는 행동이거늘, 동영상 속의 아이는 기겁을 하고 다시 기어가 무릎을 꿇은 채 그 반찬을 다 먹은 것이다. 그렇게 하지 않으면 또다시 무자비하게 폭행당한다는 것을 경험으로 안다는 증거가 아니고 무엇이랴. 아이가 느꼈을 공포가 고스란히 전해왔다. 나도 눈물이 쏟아지는데 그 부모의 가슴은 얼마나 아팠을까.

정치권에서도 신속한 대책을 마련하고 있다. 원 스트라이크 아웃 제도 도입, CCTV 설치 의무화 등 강경책이 나오고 있다. 얼마 안 가서 또 딴소리하며 미룰지 모르지만, 모처럼 한 목소리를 내는 정치권의 모습에 2월 국회에서 처리되리라 기대해 본다. 그러나 이 강경책만으로 재발을 막을 수 있을지는 의문이다.

나에게는 두 살짜리 손녀가 있다. 제 어미는 올 삼월에 아이를 어린이집에 보낼 작정이다. 손녀는 또래와 노는 것을 좋아하는데 집에는 어른들밖에 없다. 어린이집에 가야 눈높이에 맞는 대상과 어울릴 기회가 생기는 것이다. 이른 감이 있으나 가족만으로는 손녀를 충족시켜줄 수 없으니 우선 하루 세 시간짜리 반으로 보내기로 한 것이다.

또 하나의 이유는 아이를 어린이집에 보내지 않으면 포도원 일을 전혀 할 수 없어서다. 아이 하나 보는데도 일이 얼마나 많은지 포도밭 일은 꿈도 못 꾼다. 그런데 어린이집 교사들은 한 사람이 열 명에 가까운 아이들을 돌본다고 한다. 그러다 보면 그중에는 넘어져서 우는 아이, 대소변 못 가리는 아이, 싸우는 아이, 별별 아이들이 다 있을 것이다. 어미가 제 자식 하나 돌보는 것도 힘들다고 하는데, 남의 자식을, 그것도 여러 명 돌보노라면 가끔 힘들 때도 있을 것이다. 게다가 보수가 적정 수준 이하라면 짜증 날 때도 있지 않을까. 몸이 힘들면 아이에게 살갑게 대하지 못하고 제멋대로 행동하는 교사도 생기지 않겠는가.

어린이집 아동 학대 방지를 위해 기준을 강화하는 것은 당연한 조치임이 틀림없다. 그러나 그와 동시에 현행 보육교사 배출 제도도 대폭 수정해야 할 것이다. 컴퓨터 인터넷 강의를 켜 놓고 대충 오며가며 클릭만 해도 자격증을 딸 수 있다니, 이래서야 어떻게 믿을만한 교사가 나오겠는가. 강의는 오프라인으로 이루어져야 하고 인성교육을 강화해야 함은 물론이다. 그런 과정을 거쳐 배출된 충분히 자격 있는 교사에게 그에 합당한 보수를 줘야 함도 당연하다. 그러고도 엄격한 관리가 있어야 마음 놓고 아이를 어린이집에 보낼 수 있을 것이다.

내 딸은 무서워서 둘째는 못 낳겠다고 한다. 열 달 배 아파서 낳은 귀한 내 자식. 어린이집에 보내면 말도 못 하는 어린것을 때리지, 학교 가면 성적이라는 줄에 세워놓고 다그치지, 다 키워 놓으면 배 타고 가다 죽지, 하다 하다 군대 가서까지 몰매를 맞고 죽는데 어떻게 아이를 또 낳느냐는 것이다.

아이 많이 낳으라고 백날 외쳐봐야 소용없다. 이제는 제발 목청 높은 구호보다는 조용한 실천이 있기를 바란다.

(2015. 1. 18.)

눈물

소소한 집안일을 한다. 보거나 안 보거나 켜놓은 TV에서는 해묵은 프로그램이 재방송되고 있다. 시어머니 팀과 며느리 팀이 속마음을 털어놓으며 서로를 이해해 가는 프로그램이다. 그런데 상대편과 유쾌한 승강이를 벌이며 웃음을 주던 전과는 사뭇 다른 분위기에 일손을 놓고 TV 앞에 앉는다.

'언제 부모님이 가장 생각나는가' 하는 주제는 분위기를 단숨에 숙연하게 만들어버린다. 사느라 바빠 효도 못 하는 안타까움에 며느리 팀이 하나둘 울먹이기 시작한다. 프로그램을 진행해야 하는 사회자까지도 눈물을 참느라 눈자위가 발그스름해진다. 내 볼에도 눈물이 흐른다.

이 세상에서 부모님만큼 완벽하게 내 편이 되어주고 나를 이해하며 걱정해주는 사람은 없지 않을까. 그걸 알면서도 나는 고단한 삶을 핑계로 조금만 더 형편이 좋아지면 효도하리라 다짐하며 세월을 허송하고 말았다.

과수원 초기 때의 일이다. 포도농사 기술이 없던 때라 연거푸 몇 해 농사를 잘 짓지 못했다. 그 해도 포도나무가 꽃을 잘 피우지 못했다. 나는 혹시 꽃이 좀 잘 피는 곳이 있나 살피느라 아침마다 포도밭을 누비며 이슬에 바짓단을 적시고는 했다. 그러나 결과는 참혹했다. 개화기가 끝나고 결실기가 되자 열매는 별로 없고 포도 잎만 무성했다. 포도농사 걱정하며 전화 주신 부모님께는 결실이 잘 되었다고 둘러댄 상태였다.

들녘에서 모내기가 한창일 즈음, 나는 밭에서 포도나무 순을 따고 있었다. 그 해 농사는 망쳤지만 다음 해를 위해서는 나무를 잘 가꾸어야 했기 때문이다. 하필이면 참으로 맥 빠지는 일을 하고 있을 때 난데없이 아버지가 포도밭에 나타나셨다. 경북 영천에 계셔야 할 아버지가 경기도 평택 딸네 집 포도밭에 연락도 없이 오신 것이다. 예삿일이 아닌 것이 분명했으나 아버지는 당신의 사정은 내색하지 않으셨다. 다만 포도나무를 보고 너무 놀라 낯빛이 몹시 어두워지셨다.

내가 결혼하기 전에 부모님은 장남 때문에 마음고생이 심하셨다. 알코올 중독 증세의 아들을 둔 죄 때문에 며느리를 볼 면목이 없는 부모님이었다. 동네에서도 가장 올곧았으며 열심히 사신 부모님. 그러나 술에 절어 사는 장남의 존재는 부모님의 얼굴에 웃음기를 걷어내고 깊은 그늘을 드리우게 했다. 참으로 말할 수 없이 힘든 고초를 겪으면서도 자식이 정신 차릴 날이 오리라는 희망을 놓지 않으며 모진 세월을 사셨다. 세상 사람이 다 손가락질한다 해도 자식을 향한 애정을 끝내 놓지 않은 부모님이셨다.

그 여름 아버지가 우리 집에 오신 것은 친정에 무슨 사건이 있었고, 잠시라도 이런저런 복잡한 일에서 벗어나 위로를 얻기 위해서였다. 그런데 나는 포도농사를 그 지경으로 지어 위로는커녕 상심만 더해 드리고 말았다. 몇 년째 형편이 그 모양이었으니 당연히 여비 한 푼도 못 드렸다. 딱 한 번 딸네 집을 찾은 아버지께 실망만 안겨드렸고, 그 후로도 발걸음을 못 하고 세상을 뜨셨으니 내가 저지른 불효를 어찌 다 말할 수 있으랴.

TV에서는 이제 시어머니 팀의 이야기를 들을 차례다. 부모님이 이미 하늘로 가셔서 효도할 기회마저 잃은 시어머니 팀의 안타까움은 네 편 내 편 없이 모두를 울게 한다. 출연진은 물론 사회자까지 우는 통에 화면 가득 온통 눈물바다를 이룬다.

진즉에 마음에 차는 효도 한번 속 시원히 못 한 설움이 차올라 나도 꺼이꺼이 울고 있다.

(2015. 2. 2.)

종이공

손녀딸과 함께 잘게 찢은 이면지를 물에 불려 종이 찰흙을 만든다. 부들부들해진 종이 찰흙으로 공을 만드는데 전화가 온다.

"서연아, 잠깐만. 할머니 일하고 올게."

"한머니, 일…."

아직 두 돌이 안 된 서연이는 할머니가 하는 통화는 다 일이라고 이해한다.

서연이가 태어나면서부터 제 어미·아비는 아이 앞에서 스마트폰을 쓰지 않았다. 좋은 성격이 형성되기를 바라는 마음과 시력 보호를 위해서였다. 그러나 나는 제 어미·아비가 안 볼 때 서연이 손에 스마트폰을 슬쩍 쥐여 주기도 했다. 손가락만 갖다 대면 총천연색 그림이 순식간에 그려지는 마법 같은 세계, 그걸 보고 좋아하는 서연이를 보는 것이 그저 행복했다.

그런데 문제가 생겼다. 스마트폰 안의 자극적인 세상을 경험한 어린 것이 떼를 쓰기 시작한 것이다. 첫돌이 좀 지난 어느 날 읍내에서였다. 예쁜 상품이 진열된 가게 앞을 지나는데 안으로 들어가자고 막무가내로 떼를 썼다. 안된다고 했더니 세상에나, 서연이는 그만 땅에 주저앉아 발을 구르고 손으로 땅바닥을 치기까지 하며 통곡했다. 전에 없던 행동에 제 어미도 놀라고 나도 놀랐다. 제어미가 번쩍 안아 나무그늘에 앉혀놓고 타일렀다. 그제야 고개를 끄덕이며 울음을 그쳤다. 화려하면서도 즉각적으로 반응하는 스마트폰 안의 세계가 서연이를 급한 성격의 아이로 만들고 있었다.

그 후로는 나도 서연이 앞에서 스마트폰을 잘 사용하지 않는다. 그러나 전화로 포도를 주문받기 때문에 안 쓸 수는 없다. 하여 할머니의 통화는 일하는 것이라고 가르친 것이다.

스마트폰이 처음 나왔을 때 우리는 얼마나 열광했던가. 전화기는 물론 인터넷, 카메라, 심지어 영화관까지 손안에 들어왔으니 이 좋은 것을 어찌 외면할 수 있으리. 그러나 그것이 서연이 성격을 버려놓는다고 생각하니 문명에 대해 다시 한 번 생각하게 된다.

산업의 발달로 신제품이 나올 때마다 우리는 헌것은 기꺼이 버리고 새것을 써 왔다. 그러나 오늘 또 다른 새것이 나오니 어제의 새것은 그만 헌것이 되고 만다. 다시 새로운 것을 쫓아야 하는 우리는 늘 힘에 벅차다.

나는 외딴집에서 연년생의 두 딸을 키웠다. 형편이 좋지 않아 장난감을 넉넉하게 사 주지 못했다. 게다가 외딴살이를 하는 통에 친구가 없던 두 아이는 스스로 놀이를 만들기 시작했다. 책이나 TV에서 본 이야기를 각색해 대본 없는 인형극을 녹음하기 시작한 것이다. 그 과정이 얼마나 기발한지, 일인이역은 기본이고 나름의 음향효과도 넣고 배경 음악도 직접 불러 넣고는 했다. 온갖 상상력을 발휘해 논 시간이 고스란히 저장된 열두 개의 테이프는 지금 내 서랍에 얌전히 보관되어 있다. 두 딸은 이제 어른이 되었지만 나름대로 놀잇감을 찾아 신명 나게 논 그때의 추억을 재산으로 여긴다.

내가 통화를 마치고 올 때까지도 서연이는 종이 찰흙을 손바닥으로 굴리며 공을 만들고 있다. 기껏 종이 찰흙으로 공을 만드는 어찌 보면 시시한 이 놀이, 서연이도 어른이 되면 이런 시간을 돌아보며 소중하게 생각할지 궁금해진다.

서연이가 그 조그마한 입으로 공에게 이름을 붙인다.

"아빠공, 엄마공, 한머니공, 서연이공, 이모공…."

(2015. 2. 15.)

실낱같은 희망

깡마른 체구에도 그는 20kg의 거름자루를 거침없이 들어 올린다. 기름기라고는 없는 주름이 자글자글한 목덜미가 자꾸만 눈에 들어온다. 내 옆구리 살로 슬며시 손이 간다. 겨울 동안 체중이 늘어 한층 더 두툼해진 지방층이 손에 꽉 차게 잡힌다. 기름기 넘치는 내가 여자라는 이유로 우두커니 서 있자니 겸연쩍다. 운반기 가득 실을 때까지 쉼 없이 하는 그의 말을 잘 들어주는 것으로 미안함을 무마해본다.

"남한 정부가 고맙고 인민이 고맙지요. 덕분에 북에 있는 식구들까지 잘살게 되었어요."

탈북한 지 삼 년 되었다는 그는 열심히 일해 번 돈을 북의 가족에게 보낸다고 했다. 어떻게 보내느냐고 했더니 말하기 좋아하는 그는 으쓱하며 그 방법을 이야기했다.

함경도 두만강 근처가 본가인 그는 북한을 자유롭게 드나드는 중국 브로커의 도움을 받는다. 브로커는 강폭이 좁은 두만강 근처 숲에서 그의 가족과 접선한다. 중국 땅이나 다름없는 거기서는 남한에 있는 사람과 통화가 가능하다. 그의 가족은 브로커의 핸드폰으로 남쪽의 가장과 통화한다. 남쪽의 가장은 얼마의 돈을 보내겠다고 가족에게 알려준다. 브로커는 그 자리에서 수수료를 뗀 현금을 가족에게 전한다. 남쪽의 가장은 통화를 마치는 즉시 브로커의 통장으로 약속한 금액을 입금한다. 북의 가족은 한동안 배불리 먹을 수 있다.

가족을 위해 목숨 걸고 탈북을 감행한 가장, 그의 표정에는 굶주림의 공포로부터 가족을 구한 자긍심이 역력했다.

그가 탈북하던 때는 몇 년째 먹을 것이 없어 굶어 죽는 사람이 많았다고 한다. 그도 굶주림에 허덕이다 달이 없는 어느 캄캄한 밤에 조그마한 칼을 들고 남몰래 집을 나섰다. 삼엄하게 경비하는 보초를 피해 옥수수밭으로 잠입했다. 톱질하듯, 그러나 소리 나지 않게 살살 칼질해서 옥수수자루를 땄다. 생옥수수로 배를 채운 다음 몰래 밭을 빠져나왔다. 가족을 위해 한두 자루 들고 오는 건 마음뿐이었다. 들키면 된통 옥살이를 해야 하기 때문이다. 그 와중에 이웃 사람이 굶어 죽었고 관도 없는 시신을 수습해야 했다. 그는 탈북을 결심했다. 목숨을 걸어야 하는 일이었지만 가만 있다가는 온 식구가 굶어 죽을 거라는 공포가 용기를 내게 했다.

그는 두만강이 꽁꽁 언 한겨울 밤에 중국으로 넘어갔다. 강을 낀 국경에는 100m에 두 명씩 보초가 있다. 발각되면 그 자리에서 총살당하거나 잡혀서 고된 옥살이를 해야 하는 위험한 일이었다. 얼핏 보기에는 초라하기 그지없는 모습, 그러나 그는 가족을 위해 생명까지도 거는 용기 있는 가장이다.

이제 그는 북의 가족이 잘살고 있다는 믿음으로 행복하다. 그러나 가족을 향한 그리움이 차오르면 소주잔을 기울인다. 분단의 아픔과 통일의 염원을 담은 술잔을 기울이며 그리움을 달래는 것이다. 여섯 살짜리 손자는 얼마나 잘 크는지, 아들·딸들은 여전한 모습인지, 그리고 조강지처는 어찌 지내는지…. 그래서 그는 브로커에게 스마트폰을 사 주기로 작정했다. 사진이나 동영상으로나마 가족을 만날 날이 머지않았다며 웃는 얼굴에 주름이 깊다.

"그나저나 죽기 전에 통일이 오기나 할까요?"

애매한 미소로 말하는 얼굴에 실낱같은 희망이 안쓰럽게 스친다.

(2015. 3. 15.)

함께 달리는 경기

과수원마다 분주하다. 복숭아나무는 꽃눈을 부풀리느라 여념이 없다. 오달지게 열린 꽃눈을 솎는 촌부의 밭에서는 트로트 가요가 흘러나온다. 건너편 과수원은 봄 소독을 하는지 소독차가 오간다. 수확이라는 결승점을 향한 기나긴 마라톤 경기가 시작된 것이다.

경기는 땅바닥에도 시작되었다. 벌써 꽃대를 올리는 냉이 사이사이로 민들레가 먹기 좋을 만치 올라왔다. 몇 포기 오려 일어서는데 달래 무더기가 보인다. 아무리 바빠도 싱그러운 봄나물의 유혹은 뿌리치기 어렵다. 세월아 네월아 유유자적하며 캐야 나물 캐는 맛이 나겠지만, 나는 민들레 오리던 삽날을 달래 무더기 옆에 대고 푹 밟는다. 삽자루를 젖히자 흙 속에서 하얀 뿌리가 오모르르 쏟아진다. 달래 향을 좋아하는 둘째 딸 얼굴이 스친다. 쪼그리고 앉아 진주 알 같은 달래 뿌리를 거두는데 탱탱하게 잡히는 손안의 촉감에서 작은 행복을 느낀다.

나는 봄나물을 얻기 위해 특별히 한 것이 없다. 하기는커녕 낫으로 예취기로 베어내는 것도 모자라 차광망으로 뒤집어 씌우며까지 없애지 못해 안달이었다. 농사짓는 내내 웬수 보듯 하는 잡초라 불리는 것들. 포도농사를 위해, 또는 복숭아농사를 위해, 어떻게 없애야 잘 없앨 수 있을까를 고민하는 나. 그러나 우리가 상상하는 그 이상의 강자인 풀들은 어떻게든 살아남아 번식을 위한 씨앗을 성공적으로 남기고 경기를 마친다.

달래 향기 폴폴 풍기는 된장찌개를 상상하며 나오다 작년에 심은 복숭아나무를 들여다본다. 꽃눈이 조롱조롱 매달렸다. 이제 겨우 2년생이지만 존재감을 드러내는 어린나무가 대견하다.

나도 내일은 복숭아나무에 봄 소독을 할 참이다. 그러자면 봄내내 이것저것 실어 나르며 부리던 SS기에 운반차를 떼어내고 분무기를 달아야 한다. 엄두가 나지 않아 이장님에게 전화를 건다. 아직 일하는 중이라며 기다리지 말고 퇴근하라고 하신다. 늦은 시간에라도 와서 내일 아침에 소독할 수 있도록 분무기를 달아놓겠다는 것이다.

이장님과 나는 혈육도 아니고 동창도 아니며 오랜 친구도 아니다. 다만 9년 전의 동네 이장님과 그때 이사 온 새로운 주민의 관계일 뿐이다. 장정 없이 농사짓는 나는 장정의 힘을 빌려야 할 때가 있다. 농기계 조작이 어려울 때나 무거운 것을 들어야 할 때이다. 하지만 여자인 나로서는 남정네의 도움을 받기가 여간 조심스러운 게 아니다. 그러나 이장님 내외는 처음부터 어려운 사람들이 아니었다. 마치 오랜 주민을 대하듯 격식 없이 진심으로 나를 대해 주었다. 오가는 길에 우리 과수원을 보고 잘못된 것이 있으면 한 마디씩 조언도 해 주신다.

조언해 주는 사람은 이장님뿐만이 아니다. 포도농사는 30년 넘게 지었지만, 복숭아 농사 경력은 이제 겨우 2년인 내게는 복숭아 주산지인 이곳 모든 이웃이 나의 스승이다. 미리네, 하나네, 승희네, 아름이네…. 내가 복숭아나무를 심자 복숭아 농사 전문가인 이 이웃들이 진심 어린 걱정을 해 주고 조언도 해 준다. 이곳에서 혼자 포도농사를 지으며 고민하던 때가 개인 종목의 경기였다면, 이제는 함께 달리는 단체 종목을 뛰는 것처럼 든든하다.

이 경기는 누가 얼마나 빨리 결승점에 도착하는지는 중요하시 않다. 풀은 풀대로, 사람은 사람대로, 과일나무는 또 그대로…. 그저 자연의 시계에 맞게 출발해 최선을 다해 열심히 뛰어 자연의 시계에 맞게 도착하면 모두 승자가 될 수 있다. 그래서 함께 갈 수 있는 경기, 나는 지금 단체 종목을 달리고 있다.

(2015. 3. 29.)

날씨 탓

포도원을 복숭아밭으로 바꾸는 것은 간단한 일이 아니다. 제일
먼저 가로세로 바둑무늬처럼 철사를 늘인 천장의 덕을 걷어내야
한다. 다음에는 엄청난 위력의 태풍에도 꿈쩍하지 않을 만큼 육중
한 비가림 시설을 철거해야 하고, 한해라도 더 수확하느라 한 골
건너 한 골씩 남겼던 포도나무도 캐내야 한다. 마지막으로 포도나
무에 맞춘 원래의 두둑을 허물어 복숭아나무에 적당하도록 바꾸
면 완전한 복숭아밭이 된다. 장정의 손이나 기계의 힘을 빌려야
하는 일도 많고, 내 손으로 해야 하는 자잘한 일도 어지간히 많다.

하여 올봄에는 밭에서 살기 일쑤였는데 그 일이 드디어 마무리
되었다. 미세먼지 때문에 좋은 공기는 아니지만 큰일을 마친 마음
은 화창한 봄날만큼이나 맑다. 커피잔을 들고 자주 들여다보지
않던 과수원 입구 포도밭 쪽으로 향한다. 전지 작업 마친 뒤로

한동안 지나치기만 하던 포도밭이다.

벌써 꽃봉오리가 터질 듯 부풀어 오른 복숭아나무와는 달리 포도나무는 아직 겨울눈을 굳게 감고 있다. 작물은 농사꾼의 발걸음 소리를 듣고 자란다고 했거늘, 늘 지나치기만 한 것이 미안해 서성이는데 누가 밭으로 들어온다. 운동을 위해 읍내에서부터 걸어서 가섭산에 다니는 사람인데 오가는 길에 포도원에도 가끔 들르고는 한다.

"처음부터 복숭아나무를 심지 왜 포도나무를 심어 캐내느라 저 비싼 시설을 철거하고 이 야단이에요?"

복숭아가 좀 비싸다 싶으니까 너도나도 복숭아를 심어 다 같이 망하게 생겼다, 차라리 체리나무나 블루베리를 심을 걸 그랬다, 전망 좋은 약초도 있다던데 등등. 그는 가지도 않고 서서 경솔하게 작목을 바꾼 나에게 이것저것 조언했다.

옳은 말이다. 농사에 대한 철학도, 앞날을 내다보는 예지도 없이 그저 돈이 안 되니까 자식처럼 여긴다던 포도나무도 매정하게 잘라내지 않았는가.

우리 과수원은 가섭산 올라가는 길가에 있다. 오가는 차도 빈번하고 등산객도 자주 눈에 띈다. 정기적으로 등산하는 사람 중에는 과수원을 구경하느라 들렀다가 인사 정도는 하게 된 사람도 있다.

그런데 이런 사람들 눈에 내가 참 딱해 보인 것이다. 웬 여자가 포도원을 한답시고 엄청난 시설을 하고 그럴듯하게 포도나무를 기르는 것을 보고는 대단하다 여겼을 것이다. 그런데 한창 수확할 나이의 포도나무를 자르고는 그 자리에 복숭아나무를 심다니…. 그래서 염려하는 마음에 한 마디씩 격려를 해 주는 것이다.

참 이상했다. 격려의 말도 자꾸 듣다 보니 어느 순간부터는 피로감이 쌓이기 시작했다. 어느 때는 자식을 잘 못 키운 어미가 타인으로부터 훈계를 듣는 기분이었다가, 어느 때는 멀쩡한 자식을 버린 비정한 어미가 타인의 손가락질을 받는 기분도 드는 것이다. 발길을 돌리면서 그가 한마디 더 한다.

"너무 욕심내지 말고 슬슬하세요. 인생 뭐 별거 있어요?"

기분이 묘하다. 우리 동네에는 나보다 더 큰 과수원을 하는 사람도 많다. 하지만 그들은 타인으로부터 성실한 농부로 인정받는다. 그런데 나는 왜 내가 좋아하는 농사를 짓는데 욕심이라는 말을 듣는 걸까.

화창한 봄날같이 맑던 기분이 다시 어두워진다. 아무래도 중국에서 날아오는 미세먼지 농도가 짙은 날씨 탓인가 보다.

(2015. 4. 13.)

아픈 사월

　여기도 복사꽃 저기도 복사꽃이다. 삶에 바빠 둔해진 내 감성까지도 흔들어 깨울 만큼 화려함의 극치를 보여준다. 그러나 살랑대는 봄바람에도 속절없이 져버리는 연분홍 고운 꽃잎. 우수수 떨어지는 꽃비를 보는데 가슴이 먹먹해 온다. 너무도 짧은 꽃의 생애에서 그 아이들의 모습이 떠올라서다.

　활짝 피기도 전에 진도 앞바다 거친 물결에 져버린 꽃봉오리들…. 어떤 이는 세월호 이야기는 이제 그만하고 일상으로 돌아가자며 점잖게 타이른다. 어떤 이는 그 지겨운 이야기를 왜 꺼내느냐며 화를 낸다. 한편 벌써 잊어서 미안하다는 이, 결코 잊지 않겠다는 이들도 있다. 포근했다 비바람 불었다 하는 올해 사월의 날씨만큼이나 의견이 분분하다.

　사고 1주년인 지난 16일에도 날씨는 몹시 사나웠다. 하지만 우리는 비가림 시설 덕분에 일을 할 수 있었다. 작은애와 둘이서 복숭아 꽃눈을 솎는데 자연스럽게 진도 이야기가 나왔다. 아이들이 왜 그 일을 당했는지, 폐선에 가까운 세월호가 어떤 연유로 운행되었는지, 세월호에 어떤 무거운 짐이 불법으로 실렸는지…. 그 원인을 모른 채 일 년을 보낸 어버이의 마음은 얼마나 아플까. 진실은 왜 밝혀지지 않는 걸까. 국가의 정보력이 미약한 걸까. 아니면 의지가 부족한 걸까. 그 이야기만 나오면 대뜸 화부터 내는 사람은 무슨 심리일까.

우리는 한동안 말없이 손만 움직이고 있었다. 그때 문득 세찬 바람이 먹구름을 몰고 왔다. 사방이 어둑어둑해지더니 굵은 빗방울이 비닐 천장을 세게 두드렸다. 안 되겠다 싶어 밭을 나오는데 세상에나! 복숭아나무 천공병 예방을 위해 내려놓은 방풍망이 뜯겨 바닥에 내동댕이쳐져 있었다. 두어 해 전, 강력한 태풍 볼라벤 때도 요동하지 않았을 만큼 튼튼한 시설인데 그날은 버텨내지 못한 것이다. 어른들만 믿다가 떠난 우리 아이들, 하늘도 그날을 기억하며 아파하는 거라 믿고 싶었다.

집으로 오자 습관처럼 TV를 켰다. 대통령의 해외 순방과 사고 1주년을 돌아보는 방송이 주를 이루었다. 아직도 진실을 알 수 없는 답답함을 담은 내용이 특히 많았다. 예상대로 이제는 일상으로 돌아가자는 말도 있었다. 어제, 그제, 며칠 전, 그리고 오늘과 내일이 고만고만하게 비슷한 삶. 별 큰일 없이 소소한 사건에 소소한 웃음과 소소한 아픔으로 만들어지는 평범하고 가벼운 일상….

세월호 사건 같은 무거운 이야기는 잊고 일상으로 돌아가고 싶은 것이 어찌 그 사람들뿐이겠는가. 우리는 모두가 하루빨리 일상으로 돌아가고 싶다. 그러기 위해서 진실을 알아야 하고, 처벌받을 사람은 받아야 하고, 사과할 사람은 고개를 숙여야 하고, 용서할 사람은 용서해야 한다. 그런 과정이 있어야만 일상으로 돌아갈 수 있을 텐데 그 첫 단추인 진실은 덮어 두고 일상으로만 돌아가자고 한다. 그러니 진실을 요구하고, 되풀이되는 말에 지겹다고 화를 내고, 의견이 분분하고, 이때다 하고 진보와 보수가 대립하는 것처럼 분위기를 몰고 가는 위정자도 나오고, 따라서 국가적 에너지도 소모되는 것이다.

꽃 피는 사월, 그러나 너무 빨리 져버리기도 하는 아픈 사월. 복사꽃은 지면서 아기 복숭아를 남겼다. 진도 앞바다에 져버린 우리 아이들은 무엇을 남겼을까. 가족에게는 혈육을 잃은 슬픔을, 사회에는 분열이라는 아픔만 남긴 걸까. 그러나 그건 얼핏 보았을 때의 시각일 것이다. 시간이 흘러 우리가 좀 더 성숙한 뒤에는 이렇게 말하리라.

　'진도의 아픔은 우리 사회의 안전이라는 값진 유산을 남겼다'

　다만 거기까지 가기에는 너무 많은 날이 남은 것 같아 더욱 슬퍼지는 사월이다.

(2015. 4. 26.)

나무야 나무야

안개 자욱한 하루가 열린다. 한낮에는 햇볕이 강렬할 거라는 조짐이다. 오늘은 많은 양의 포도를 주문한 고객에게 직접 배달하기로 한 날이다. 트럭에 실은 포도를 싱싱한 상태로 안전하게 배달하려면 공기가 서늘할 때 수확해 날이 뜨거워지기 전에 배달을 마치는 게 좋다. 부지런히 일어나 주섬주섬 옷을 입고 과수원으로 차를 몬다.

동네는 일찌감치 잠에서 깨어난 모양이다. 탈탈거리며 운반기가 들어가는 복숭아밭을 지나자, 길가에 트럭을 세워놓고 복숭아 수확용 상자를 싣던 이웃이 건강한 얼굴로 손을 흔들어 보인다. 지난날의 수고를 손에 쥐는 계절, 시세 같은 건 나중 문제고 수확의 기대로 동네는 탄력이 넘친다.

포도 수확 가위를 들고 밭에 든다. 포도를 한 송이 따서 들고 보는데 감회가 새롭다. 생긴 모양은 거봉과 흡사하나 연초록 바탕색에 연홍빛이 감도는 '홍서보'라는 품종이다. 달고 과즙이 풍부하며 특히 향기가 일품이라 마니아층이 두꺼운 편이다. 단 한 가지 치명적인 단점이 있는데 비가 오면 포도알이 처참할 정도로 갈라져 버린다는 것이다. 호락호락하지 않은 인생사처럼 참으로 재배하기 쉽지 않은 품종이다. 그러기에 완벽한 한 송이의 포도를 들고 이 아침 감동에 젖을 수밖에 없다.

음성에서 포도농사 지은 지 9년, 수확 철만 되면 희한하게도 비가 많이 오고는 했다. 장마 때는 말만 무성하고 가물다가 정작 포도 철이 되자 쉬지도 않고 주야장천 내린 해도 몇 번 있었다. 그런 해는 이 품종이 일제히 갈라져 나무에 달린 채 발효되어 포도원 입구부터 포도주 익는 냄새가 진동하고는 했다. 그렇게도 곱던 포도가 수확도 못 하고 풍화되어 갈 때면 '이놈의 애물단지를 다 없애버려야지.' 하면서도 차마 그러지 못했다. 한 해 한 해 버티다 지금까지 왔는데 올해는 수확이 끝나면 정말 포도나무를 잘라야 한다. 우선순위에서 밀려 집을 못 짓고 읍내에서 살았는데 내년에는 이 자리에 집을 지을 계획이기 때문이다.

수확 철마다 그렇게도 속 썩이던 품종의 포도 '홍서보', 올해 이렇게 오롯이 잘 익은 것은 순전히 좋은 햇볕 탓만은 아닐 것이다. 그리 믿는 것은 짐작하는 바가 있어서다.

　나는 두 딸과 사위와 집 지을 자리에 대해 이야기를 해 왔다. 집에서도 했지만 포도밭에서 더 많이 했다. 본채는 여기, 주차장은 저기, 정원은 저기서부터 저기까지 등등. 전에 나는 어떤 책을 통해 나무가 주인의 속마음까지도 읽는 능력이 있다는 것을 알게 되었다. 그런 나무 앞에서 틈만 나면 집 지을 이야기를 공공연하게 했으니 나무도 자신의 운명을 눈치를 챈 게다. 운명을 받아들이기로 한 나무가 마지막 열매를 가장 좋은 포도로 만들기 위해 모든 힘과 의지를 동원한 것이 아닐까. 마치 지는 해가 그 시간만의 특별한 아름다운 노을빛을 남기고 서산 너머로 잠기는 것처럼.

　수확 철에 비만 오면 갈라지고 터져 상처투성이가 되는 품종 '홍서보'. 주인이 걸어온 삶을 너무도 닮아 마음이 더 갔는지도 모르겠다. 그러나 지나온 길이 험할수록 잘 완주했을 때 더 아름답지 않겠는가. 무던히도 애태우게 하던 포도지만 나는 지금의 이 아름다운 모습만 오래 기억할 것 같다.

　'나무야. 톡, 톡, 가위질 당할 때의 통증보다 더한 아픔으로 한 송이 한 송이 떠나보내는 너의 마음을 나는 안단다. 나도 너를 그리 아픈 마음으로 보낼 것이기에….'

(2015. 8. 24.)

낯선 하루

두 딸을 따라간 곳은 매장 출입도 까다로웠다. 미국계 유통업체라는데, 회원 확인을 한 후에야 입장시켰다. 입구에는 커다란 카트를 앞세운 사람들이 줄을 서서 회원 확인 절차를 순하게 기다리고 있었다.

드디어 입장한 매장, 철골 선반이 어찌나 육중한지, 팔레트에 쌓은 상품을 까마득한 천장에 닿을 듯 싣고도 반석과도 같은 안정감을 유지하고 있었다.

요즘 젊은이는 소비가 참 합리적이다. 그 많은 상품 중에서 자기가 원하는 물건을 찾았다고 덥석 사지 않는다. 가격 검색을 해보고 비싸지 않다는 판단이 서야 카트에 담는 것이다. 가격이 적당해도 어떤 것은 포장이 너무 커서, 또 어떤 것은 열량이 너무 높아 선택되지 못했다. 그러니 미로 같은 골목을 샅샅이 돌아도 카트가 쉬 차지 않았다.

두 딸은 씩씩하게 잘도 걷는데 나는 다리가 점점 뻐근해 와 피로감을 느끼기 시작했다. 밭에서 밟던 흙의 부드러운 질감과는 다른 딱딱한 느낌의 바닥도 거슬렸다. 과수원 바닥이 걸음을 내디딜 때마다 내 발을 순하게 받아들였다면, 작은 티끌 하나도 없어 천장 불빛이 비칠 정도로 깨끗한 매장 바닥은 나를 밀어내는 느낌이라고나 할까. 무뚝뚝한 매장에 동화되지 못한 나는 쇼핑의 즐거움은 포기하고 두 딸과의 모처럼 나들이에 만족할 따름이었다.

매장을 다 돌아본 우리는 쇼핑 재미의 정점, 먹는 즐거움을 맛보기로 했다. 어정쩡한 나의 기분을 전환도 시킬 겸 잠시 쉴 기회가 온 것이다.

휘황한 불빛의 메뉴판에는 미국계 업체답게 패스트푸드 종류의 그림이 화려한 맛을 떠올리게 했다. 피자 한 조각과 핫도그 두 세트를 주문한 우리는 먹을 자리를 물색했다.

그런데 아뿔싸, 입추의 여지없이 찬 사람들로 앉을 자리가 없었다. 희한하게도 쉴 곳이 없어진 것을 확인한 순간부터 다리가 급속히 아파 왔다. 다행이라 해야 할까. 한쪽에 의자도 없이 높다란 원형 테이블이 두엇 있었는데 하나가 빈자리였다. 딸들은 신속하게 가방을 올려놓았다. 그나마 다른 이에게 자리를 뺏기지 않기 위해서다.

이상한 것은 작은 애가 요리를 해 오겠다며 자리를 뜬 것이다. 받아온 재료를 정해진 장소에 가서 직접 완성해 먹어야 한다나? 커다란 컵을 든 큰아이도 어디론가 가버렸다. 받아온 빈 컵에 먹고 싶은 음료를 먹을 만큼 받아 오기 위해서라고 했다.

의자도 없이 시시 간식 같은 점심을 먹는데 두 딸은 마주 보며 행복한 표정으로 대화했다. 김치 몇 조각에 된장찌개를 먹어도 비닐 방석이나마 깔고 앉아 느긋하게 먹어온 세대, 이 모든 것을 당연하게 받아들이는 젊은이 정서를 따라잡지 못한 나는 당최 이 희한한 풍경이 낯설기만 했다.

집으로 오는 길, 나는 깊은 피로감으로 잠에 빠지고 말았다. 두 시간 여를 달려 밭에 도착했을 때 비로소 눈이 뜨이고 정신을 차릴 수 있었다.

도시에서 사 온 물건을 저장하자마자 나는 밭으로 들어갔다. 체중을 실어 땅을 꾹 눌러 디뎌 보았다. 익숙한 느낌이었다. 나를 받아들이는 흙의 부드러움이 발바닥을 통해 전해왔다. 내가 땅과 하나가 된 듯 일체감이 느껴졌다. 그 일체감이 있어야 할 자리에 내가 와 있음을 말해 주는 것 같았다.

전날 내린 비로 한층 더 깨끗해진 바람이 소슬하게 불었다. 낮

선 느낌의 하루가 어느새 아득한 일인 양 멀어져가고 있었다.

(2015. 10. 12.)

못난이 잎새

과수농사가 삶 전부이다시피 한 이곳 사람들은 지난 몇 계절을 옆도 뒤도 돌아볼 새 없이 숨차게 달려왔다. 동녘에 솟아오르는 해보다 훨씬 일찍 일터로 나가 어둠을 깨워 하루하루를 연 사람들. 이웃집 마실 같은 건 고사하고 잠도 줄여 가며 일한 뒤에 마침내 휴식을 맞았다. 지금쯤은 한껏 게으름을 즐기는 정직한 행복이 집집이 머무르고 있을 터이다.

내 포도나무들도 그에 못지않게 쉼 없이 달려왔다. 하지만 포도나무는 아직 완전한 휴식에 들기 전이다. 떠나기 직전 잎새들의 고별축제가 한창이기 때문이다. 포도나무는 온통 노랑 또는 주황색으로 옷을 바꿔 입었다. 조만간에 져야 하는 운명이지만, 햇빛에 반사되어 투명하게 반짝이는 잎새, 잎새들…. 마치 전등을 켠 듯 과수원을 환하게 밝힌 포도잎 단풍에 끌려 밭으로 든다.

포도밭 깊숙이 들어가자 큰 그림으로는 안 보이던 것이 눈에 들어온다. 흠집 하나 없이 깨끗하게 물든 잎새들 속에 다문다문 보이는 상처 입은 잎새. 벌레 때문에, 병균 때문에, 더러는 바람 때문에 입은 상처다. 상처는 입었으나 빛깔만은 다행히 번듯한 잎새 못지않다.

그럼에도 상한 잎새로 양분을 충분히 합성하기는 어려웠을 터, 그렇다면 지난 계절 무슨 일이 있었기에 저 상태의 잎들도 하나같이 번듯한 포도를 만들어낼 수 있었을까. 답은 잎새들끼리, 더 크게는 가지들끼리 아낌없이 나눈 형제애에 있다.

포도나무 잎은 스스로 만든 양분을 움켜쥐지 않는다. 최소한의 양분만 소비하고 남는 것은 나무의 곳곳으로 보내준다. 뿌리로, 겨울눈으로 또 옆의 가지와 옆의 열매로…. 그러기에 혹시 바람에 찢기거나 벌레가 먹어 일을 못 하는 잎도 허둥대지 않는다. 형제 잎들이 자신이 만든 양분을 나누어 줄 것이기 때문이다.

나에게도 이런 형제들이 있다. 장정도 없으면서 하필이면 힘든 농사를 짓는 나는 형제들의 애정을 가장 많이 받는 못난이 잎새다. 게다가 공들여 키운 포도나무를 그렇게나 많이 잘라내고 복숭아나무를 심었으니 자나 깨나 형제들의 근심거리다. 내 안의 이유로, 혹은 밖의 이유로 생긴 못난 모습은 나의 심사를 가끔 고단하게도 한다.

내가 지쳐 있을 때면 형제들은 가만있지 못한다. 먼 길 달려와 일해주고도 마음이 놓이지 않아 김치와 밑반찬을 장만해 택배로 보낸다. 많은 경우 이해타산에 따라 움직이는 지금 세상에서 혈육만이 줄 수 있는 무한 응원이 아닐까.

심산유곡의 난풍이 아름다운 것은 당연지사, 그러나 포도원 단풍이 이리도 아름다운 것은 화려하게 물든 고운 빛 때문만이 아니다. 자신이 만든 양분을 생각 없이 내어주는 형제애 때문이다. 어기영차 서로 힘을 북돋우어 가며 소명을 다 한 것도 감동이거늘, 노을보다 고운 빛의 고별축제까지 준비하다니. 찢긴 포도잎 단풍을 하나 들고 생각에 잠기는데 가만히 감동이 차오른다.

지난날의 삶이 순조롭지 못했던 나도 이제는 형제들의 기쁨이 되는 꿈을 꾼다. 언감생심일지언정 자신감도 생긴다. 포도잎 단풍도 가을이라는 계절 저 혼자 만든 것이 아니라 지난 계절의 폭염과 비바람과 가뭄 등이 뭉쳐져 만들어졌음을 알기 때문에.

(2015. 10. 26.)

늦가을 고향 마을에는

가을 속으로 달린다. 야트막한 산에는 단풍 잔치가 파하지 않았는데 들녘은 벌써 텅 비었다. 공룡 알 같은 볏짚 사일리지만 드문드문 들을 지키고 있을 뿐, 금빛 나락의 물결이 만조를 이루던 들판은 어느새 쓸쓸한 풍경이다.

한참을 가다 보니 앞에 짚단을 실은 트럭이 천천히 가고 있다. 낫으로 벼 베기를 했나 보다. 모든 작업이 기계화된 좋은 세월에 누가 손으로 벼를 베고 짚단을 묶었을까. 민속촌이나 드라마 세트장 같은 데서 초가지붕을 올리기 위해 수작업해서 싣고 가는 걸까. 초가지붕이라는 단어를 떠올리는 순간 내 기억은 먼 시공을 날아 고향의 늦가을 마당으로 간다.

가을걷이가 끝나면 고향 마을은 이엉을 엮느라 온 동네가 부산했다. 추위가 오기 전에 일을 마쳐야 겨울을 따뜻하게 나기 때문이다. 마을에는 본채와 아래채가 다 초가인 집이 많았고, 기와집이 본채인 부잣집도 아래채는 거의 초가였다. 하여 이엉을 엮는 일은 추수가 끝나면 숨 돌릴 틈 없이 바로 시작되었다.

체구가 작은 아버지는 다른 아버지들에 비해 작은 손을 가지셨다. 그 작은 손으로도 아버지는 손끝이 야무져 짚일을 고루 다 잘하셨다. 기미니·망내기·멍석·짚 소쿠리 등을 마치 기계로 짠 것처럼 고르고 짱짱하게 만드셨고, 이엉이나 용마름도 특히 매끈하게 잘 엮으셨다.

여름 내내 맹렬했던 햇볕도 늦가을 마당에서 이엉을 엮는 아버지 옆에 얌전히 내려앉아 한가로이 노닐었다. 나도 언니·동생과 아버지 옆에서 지푸라기로 새끼를 꼬며 놀았다. 그것이 시들해지면 짚단 속을 헤집거나, 아버지가 엮어서 둘둘 말아 세워놓은 이엉 뭉치 사이를 드나들며 숨바꼭질을 했다. 지금도 아련하게 느껴지는 북데기 냄새와 짚단 부대끼는 소리. 짚 먼지가 깔끄러웠을 법도 한데 우리는 뭐가 그리 신이 났을까. 그런 날이 한동안 지나면 동네는 새 단장에 들어갔다.

이엉을 엮을 때는 따로 일했지만 이을 때는 여럿이 함께 했다. 어른들은 이른 아침 지붕에 올라 서리 하얀 묵은 초가를 걷어냈다. 비에 상한 표면의 이엉을 걷어내면 속에는 새 이엉처럼 깨끗한 이엉이 나온다.

　그러면 어른들은 그 위에 우리 몸체보다 큰 이엉 뭉치를 올린다. 긴 사다리를 이용해 어른들은 땅에서부터 지붕에까지 죽 늘어선다. 첫 번째 어깨에서 두 번째 어깨로, 다시 세 번째 어깨로…. 이엉 뭉치가 사다리를 탄 어른의 어깨로 옮겨질 때면 그 위태로운 광경에 우리는 숨을 죽여야 했다. 그러나 조무래기들의 걱정과는 달리 어른들은 능숙한 솜씨로 집 한 채 옷을 뚝딱 갈아입히고는 했다.

　그렇게 새 옷을 다 입힌 어른들은 단발머리처럼 처마를 가지런히 자르는 것으로 일을 마무리했다. 그러고 나면 짚에 붙어있는 낟알을 먹으러 참새들이 날아들었다. 참새들의 만찬이 끝날 해거름이면 새로 단장한 초가의 굴뚝에서는 밥 짓는 연기가 피어올랐다. 동네를 에워싼 산이 동그랗고, 온 동네 지붕도 동그랗고, 그 지붕 아래에 사는 사람들 마음도 동그랗던 반세기 전의 고향 마을.

　그때 농부의 마음을 평화롭게 한 건 마당에 근엄하게 자리 잡은 뒤쥐(짚으로 만든 벼 저장하는 창고) 덕분이었다. 일 년 농사지은 벼를 뒤쥐에 고이 모셔놓으면 생활비를 거기서 해결할 수 있었다. 벼 한 말 들고 나가 시장 봐 오고, 두어 가마니 내면 학비를 거뜬히 마련했다. 오죽하면 마당에 큰 뒤쥐가 있는 집에는 묻지도 않고 딸을 준다는 말이 있었을까. 내가 지은 쌀농사가 그 정도 대접 받았으니 농사꾼의 자존감이 충족되고도 남았으리라.

순박한 미소를 짓던 그 시절 고향 마을의 어른들 얼굴 위로 이 시대 지친 농부의 얼굴이 겹친다. 수입쌀에 밀려 천덕꾸러기가 된 벼를 갈아엎는 농부의 수심 가득한 얼굴이. 남아도는 쌀을 어찌 내다 팔아야 할지가 고민인 이 시대의 농부는 그때 그 시절이 그립다.

(2015. 11. 9.)

카더라 방송

발 없는 말은 천 리까지 가는데, 발 없는 문자는 지구를 몇 바퀴나 돌고도 남는다. 내용이 부정적일수록 미미했던 처음과는 달리 옮겨질 때마다 보태져 엄청난 결과를 낳기도 한다. 정치인들이 선거 때 잘 써먹는 네거티브 전에도 이 '카더라 방송'을 이용하는 걸 보면 파급력이 얼마나 큰지 짐작이 간다. 작년부터 한국 포도도 이 때문에 곤혹을 치르고 있다.

발단은 한 귀농인이 어떤 강의를 수강한 후 인터넷에 글을 올리면서부터다. 씨 없는 포도를 재배할 때는 식물호르몬 지베레린을 처리하는데, 이것을 살충제에 담근다며 허위 사실을 퍼트린 것이다. 게다가 지베레린 처리를 한 포도를 성장기의 아이가 먹으면 성 조숙증이 온다는 근거 없는 문장을 곁들여 일파만파 일이 커졌다. 대체 지베레린이 어떤 물질이기에 그렇게 말한 걸까? 그 말이 진실일까?

명백하고 단호하게 말하건대 이 물질은 인체에 이로울 것도 없지만 해로울 것도 없다. 이 물질은 식물에만 영향을 주며, 동물에게는 영향을 끼칠 수 없기 때문이다.

식물은 자신의 몸 가장 어린잎에 다량 함유된 지베레린의 힘으로 산다. 농사에 이용하는 지베레린도 바로 이 어린잎에서 채취한 것이다. 어른 잎새가 크기를 멈춘 것은 지베레린이 소멸하였기 때문이다. 농사과정에서 처리한 지베레린은 식물에조차도 일정 기간 후에는 그 물질이 소멸한다는 뜻이다. 따라서 수확기의 포도나 배 등에는 지베레린 물질이 없다. 연구실의 연구원도 아닌 내가 어떻게 그것을 호언장담할 수 있을까?

그것은 농사꾼이면 누구나 알 수 있다. 왜냐하면, 과일 속에 지베레린이 조금이라도 남아 있으면 과일은 익기를 거부하고 계속 굵어지기 때문이다. 그러나 유통되는 과일 중에 비대기의 과일은 없지 않던가. 이미 소멸한 물질이 어떻게 인체에 영향을 미친다는 건지…. 혹여 지베레린이 잔재한다 치자. 그것이 문제가 된다면 나물 반찬을 먹을 때 우리는 왜 연한 나물을 선호하는가. 김칫거리를 살 때도 우리는 되도록 지베레린이 많은 어리고 연한 잎을 골라 시장을 보지 않던가.

한국포도회는 문제의 강의를 한 강사를 찾아 강력히 항의했다. 그러나 듣고 보니 그분도 농민 못지않은 피해자였다. 자신은 결코 그런 내용의 강의를 하지 않았다는 것이다. 우리는 그 말을 신뢰한다. 왜냐하면, 그분은 지베레린의 성격을 정확히 아는 전문가이기 때문이다. 그런데도 최초 유포자는 허위사실을 올리면서 그분의 출신대학, 경력, 직장 등도 공개해 누구든지 진실이라고 믿게 했다는 것이다.

그 상황에서 한국포도회는 포털사이트에 관련 글의 게시 중단을 요청하는 것 외에는 손 놓고 있는 것이 대책이었다. 네거티브전에는 무대응이 효과적이라는 판단에서였다.

그러나 '카더라 방송'의 전파는 쇠심줄보다 더 끈질겨 아직도 퍼지고 있다. 하여 이제는 방향을 바꾸어 진실을 알리기 위한 노력을 적극적으로 하고 있다.

전 세계 그 어떤 기관이나 학자도 지베레린이 인체에 유해하다고 발표한 연구기록이나 논문이 아직 없다. 당연히 외국 포도원도 지베레린 처리 농법으로 농사지으며, 원래 씨가 없는 품종이 아니라 지베레린 처리로 씨를 뺀 수입포도가 그걸 증명하고 있다.

나는 간절한 바람이 있다. 현명한 우리 국민이 이 허황된 낭설에 더는 흔들리지 말기를, 근거 없는 '카더라 방송'도 퍼 나르지

말기를, 수입 과일 때문에 우는 농민의 눈물을 이제는 닦아 줄
수 있기를….

(2015. 11. 23.)

첫서리 내린 날의 충격

어느덧 한 해의 마지막 달이다. 달랑 한 장 남은 달력 앞에서 전에 없이 심란해진다. 해마다 맞이하고 보낸 12월이건만 올해 유독 얄궂은 마음이 드는 데는 이유가 있다. 이 해가 저물면 예순 반열에 드는 내 나이가 믿어지지 않아서다. 예순이라⋯. 마흔의 나이에 들 때도, 쉰의 나이에 들 때도 그저 덤덤했다. 그런데 지금은 왜 이다지도 허허로울까.

지나온 길을 돌아보니 거의 모든 에너지를 농사일에 쏟으며 걸어왔다. 온 힘을 기울였지만 원체 야무지지 못한 농사꾼이라 남 앞에 번듯하게 내놓을 만한 농사가 못되었다. 그럼에도 부끄럽지는 않았다. 칠팔월 뙤약볕 못지않은 열정으로 매 순간 뜨겁게 살아온 결과였기 때문이다.

그렇다면 담담해야 마땅하거늘, 거울 앞에 선 가슴으로 서늘한 바람이 이는 것은 어인 일인가. 늘어진 눈꺼풀, 八자 주름, 풍만한 뱃살이 오늘 유난히 거슬린다. 어디 그뿐이랴. 오래 써먹은 기계처럼 헐거워진 뼈마디 마디가 이제는 나이에 맞게 처신하라며 삐거덕거린지 한참이지 않던가. 이 몰골이 되도록 육신을 마구 부려 이룬 것은 무엇일까. 수십 년 농사지어온 과수원이 그 결과물일까.

과수원으로 차를 몬다. 엊그제 내린 함박눈이 아직도 고즈넉하게 과수원을 감싸고 있다. 과수원에 오면 언제나 포도나무와 복숭아나무부터 살피던 나였다. 그런데 오늘은 야외무대와 원두막 주위의 나목들이 내 시선을 잡는다. 느티나무와 이팝나무 그리고 단풍나무. 십 년 생은 좋이 된 것을 심어 지금까지 컸으니 스무살은 족히 넘었을 나이다. 이 나무들은 앞으로도 오랜 세월 자라고 자라 지금의 내 나이쯤에는 내가 상상하던 우람한 풍경을 만들어 낼 것이다. 수관을 확장하면서도 그 연륜에 걸맞게 위엄도 함께 갖추어 갈 나무.

만물의 영장이 인간이라지만 나는 지금 이 나무 앞에서 내가 얼마나 초라한 존재인지 깨닫는다. 살기 위해 허둥대며 뛰어다녀도 늘 원하는 바에 미치지 못했다. 바쁘기만 한 나의 삶은 뭇 여자들이 꿈꾸는 우아한 삶과는 거리가 멀었다. 여백이라고는 없는 치열했던 삶이 예순 나이에 맞는 인격은커녕 억새보다 거친 내면을 키워 온 건 아닌지. 하여 이 나이를 선뜻 받아들이지 못하고 이처럼 온갖 상념에 잠기는 것은 아닌지.

오륙 년 전, 후배와 황금 들녘으로 메뚜기를 잡으러 간 적이 있다. 서리가 하얗게 내린 깊은 가을 아침이었다. 우리는 논둑에서 죽은 듯이 꼼짝하지 않는 메뚜기를 그냥 줍기만 하면 되었다. 따스한 낮에 볏잎에서 놀다 해거름이면 냉기를 피해 논둑의 덤불 속으로 몸을 숨긴 메뚜기들이었다. 그렇게 굳은 몸으로 밤을 새우다가도 기온이 올라가면 다시 볏잎 속으로 가서 햇볕을 즐기는 메뚜기들. 그렇게 메뚜기는 단숨에 생을 마감하는 것이 아니라 날마다 조금씩 몸이 굳어가는 것을 받아들이며 마지막을 맞는 것이었다.

오늘 내 가슴에 인 서늘한 바람은 어쩌면 메뚜기가 겪은 첫서리 내린 날의 충격과도 같은 것이 아닐까. 예순 나이를 살아가면서 몸은 더 부실해지는 한편 거칠기만 하던 내면도 서서히 동그랗게 마모되어 갈 것이다. 어느 날은 충격이다가 또 어느 날은 받아들이기를 반복하며 일흔을 맞고 그리고 여든…. 그렇게 하루하루 늙어가면서 그것이 얼마나 감사한 삶인지도 깨닫게 될 것이다.

그러나 아직 첫서리가 도통 실감 나지 않는 나, 나이를 더할수록 위엄을 갖춰 가는 나무가 부러운 소인배임을 어찌하랴.

(2015. 12. 7.)

섬집 아기

서연이가 어린이집에서 올 시간이 되자 오늘 새로 내려받은 동요를 틀어놓고 제 어미가 마중 나갔다.

"다녀왔습니다!"

떠들썩하게 모녀가 들어올 때는 여자아이의 청아한 목소리에 실린 〈섬집 아기〉가 차분하게 흐르기 시작했다.

엄마가 섬 그늘에 굴 따러 가면…

그동안 듣던 경쾌한 리듬의 동요와는 다른 멜로디가 감성을 건드린 걸까. 두 눈을 말똥하게 뜨고 제자리에 못 박힌 듯 서서 음악을 듣던 서연이가 제 어미에게 물었다.

"엄마, 왜 아기가 혼자 잠을 자?"

"응, 엄마가 바닷가에 굴 따러 갔거든."

"아빠는?"

"아빠도 엄마랑 같이 일하나 봐."

그러는 사이 2절이 시작되었다. 서연이의 질문 때문이었을까. 나도 평소와는 달리 가사를 생각하며 새겨들었다. 아기는 곤히 자는데 엄마는 아기 걱정에 굴 바구니도 못 채우고 모랫길을 달려온다는 내용이 2절 가사다. 맑은 선율의 '섬집 아기'가 끝나자 내 안의 찌든 때가 말끔히 헹궈진 느낌이었다.

다음 동요가 시작될 때였다. 가만히 서서 음악을 듣던 서연이의 손이 눈으로 갔다. 처음에는 한쪽 눈만 비비더니 바로 두 손을 번갈아가며 눈을 훔치는 게 아닌가. 그러고는 와락 제 어미 품을 파고들며 크게 울음을 터트리고 말았다. 나도 제 어미도 깜짝 놀랐다. 한참만에야 이유를 듣고 보니 혼자 자는 아기가 불쌍해서라는 것이다.

'섬집 아기'는 내가 어릴 적부터 불리던 동요다. 오랜 세월 불러온 동요지만 2절은 가사도 모르면서 막연히 쓸쓸하다는 느낌만 받았던 터다. 그런데 세 살짜리 손녀가 오열하는 것을 보고 '섬집 아기'의 배경을 검색해 보았다.

이 가사는 한국전쟁 때 초등학교 선생님이었던 한인현 님이 지은 시라고 한다. 부산에서 피난살이를 하던 그는 부산 앞바다의 작은 섬에 갔다가 오두막에서 홀로 잠든 아이를 보고 가사를 썼다고 한다.

세월이 바뀌었지만 일하면서 아기도 키워야 하는 여성은 지금도 어려움이 많다. 아침마다 눈도 못 뜬 아기에게 억지로 옷 입혀 밥도 제대로 못 먹이고 나가는 것은 일상이고, 출근해서는 애 키우느라 일 못 한다는 소리 안 듣기 위해 사력을 다해야 할 것이다. 어린이집에서 종일 보내는 아기가 걱정되어 허둥지둥 퇴근하는 모정, 어린이집 아동 폭력 사건이 보도될 때면 마음이 무너질 것이다. 60년도 더 전에 쓴 가사가 오늘 우리의 마음을 이렇게도 울리는 것은 이 시대에도 '섬집 아기'의 안타까움이 너무 많아서가 아닐까.

다음 주 크리스마스 날에는 산타할아버지가 선물을 들고 집으로 찾아온다고 어린이집에서 소식이 왔다. 서연이도 선물에 대한 기대로 달력의 날짜를 지워가며 산타를 기다리는 중이다. 엄마와 아기가 함께할 수 있는 그 날만은 '섬집 아기'의 아픔 없이 온전한 행복이 가정마다 머물기를….

(2015. 12. 21.)

4부

2016년

새해 소망

　나의 책장 맨 아래 칸 왼쪽에는 ≪농어촌여성문학≫이 나란히 꽂혀 있다. 지난주 발행된 제21집을 꽂으니 농어촌 역사의 한 단면이 내 책장에 진열된 것 같은 느낌이다.

　'한국농어촌여성문학회'는 25년 전에 창립되었다. 그때만 해도 농어촌 어르신들의 정서는 보수성향이 강하고 전통을 매우 중시했다. 그것이 부정적인 것은 아니나, 시골 새댁의 입장에서 보면 인간 개인의 개성이 존중받지 못한 면이 있는 것도 사실이었다. 게다가 농어촌의 고단한 살림살이는 문학을 향한 촌부들의 마음에 부싯돌 역할을 했고, 그 열망이 모여 문학회가 창립된 것이다.

　지난주, 그러니까 작년 12월 마지막 주 월·화요일에는 '농어촌여성문학' 제21집 출판기념식 및 문학 강의가 서울에서 있었다. 일 년에 두 번 있는 행사 중의 하나였으니 그 반가움을 어찌 다

말할 수 있으랴. 한 사람씩 또는 두세 사람씩 행사장으로 들어설 때마다 반가움에 얼싸안았다. 삼천리금수강산 방방곡곡의 논밭에서, 축사에서, 염전에서, 구슬땀 흘리던 얼굴 얼굴들. 여름 문학 세미나 때는 까맣게 탔던 얼굴이 겨울이라고 훤해졌다며 덕담을 나누었다. 그리고 쏜살처럼 지나가 버린 일박이일이었다.

일상으로 돌아온 지 며칠 지났건만 마음은 아직 일박이일의 외출에 머물러 있다. "카톡 카톡" 회장님이 만든 단체 카톡방 알림음이 연신 울리는 걸 보면 문우들도 비슷한 마음인가 보다. 출판 기념식, 문학의 밤, 북촌 기행 등의 감동에 아직도 젖어 있다는 문우가 있는가 하면, 이번에 못 가서 벌써 여름문학회를 기다린다는 문우도 있다. 일 년에 두 번의 모임이 이렇게 기다려지는 것은 잘나고 못나고를 떠나, 글의 작품성을 떠나, 서로 안타까이 여기는 이심전심이 있어서다.

제21집을 빼 들고 책장을 넘긴다. 남편과 농약을 뿌리다가 소독약 줄을 잡고 쩔쩔매던 문우는 좋은 기계로 소독한다며 농업의 변천사를 이야기한다. 글이 어찌나 구수한지 슬며시 웃음이 나온다.

애석하게도 농산물 가격 폭락 때문에 고통 받는 내용은 자주 등장한다. 어떤 이는 우리 작품집을 본 뒤 부정적인 시각이 많은 것을 지적했다. 그러나 나는 그리 생각지 않는다. 글은 거짓으로 쓸 수 없기 때문이다. 농사가 생업인 사람들에게 농산물 가격은 그 삶에서 절반 이상의 영향을 받는다고 본다. 그런데 수입농산물 때문에 야기된 가격폭락은 그 끝이 보이지 않는다. 도저히 극복하기 어려운 현실을 정직하게 썼다면 농업을 조금 이해해 주는 독자의 아량이 있어야 하지 않을까.

내친김에 '농어촌여성문학' 작품집을 몽땅 꺼내서 화보를 펼쳐 본다. 각 작품에 농어촌의 최근 역사가 담겨 있다면, 화보에는 문우들의 역사가 담겨 있다. 20집, 19집, 18집…. 과거로 갈수록 회원들의 얼굴이 젊어지더니 창립총회 때 사진에 이르자 모두 싱그러운 새댁 얼굴이다. 25년 전의 생기 넘치는 내가 갓 예순이 된 지금의 나를 향해 봄꽃 같은 웃음을 짓는다.

다시 21집의 화보를 본다. 대체로 오륙십 대 나이의 얼굴들이 너그러운 미소를 짓고 있다. 농촌에 젊은이가 없음을 말해주는 단면이기도 하다. 창립총회 때의 젊은 얼굴이 보이지 않는 것에 위기감을 느낀다. 도시로 가서 새댁들을 꿔 올 수도 없는 노릇이니 이 바통을 누구에게 넘겨줘야 하나.

새해 소망이 하나 늘었다. 병신년에는 삼사십 대 파릇파릇한 신입 회원이 대여섯 명쯤 들어오는 경사가 있기를.

(2016. 1. 4.)

제대로 화내는 법

그날 해거름, 내 앞에는 승용차가 가고 있었다. 거리를 유지하며 나도 뒤따랐다. 음성 버스터미널 옆 사거리 앞에서 빨간색으로 신호등이 바뀌자 승용차가 멈추었다. 나도 브레이크 페달을 밟았다.

그 직후였다. 마침 우측 터미널에서 나오던 버스가 내 트럭 오른쪽에 닿을 듯 바짝 갖다 댔다. 그리고선 화난 표정의 버스 기사가 차에서 내려 성큼성큼 오더니 내 차 조수석 문을 거침없이 열었다. 기겁하는 나를 향해 그는 험한 말을 마구 쏟아냈다. 벌겋게 열이 오른 그의 얼굴은 마치 불 위에 올려놓은 양은냄비처럼 식식대며 끓고 있었다.

흥분한 그쪽의 말을 종합해보니 내 차가 터미널 출구 쪽 정지선을 밟았다는 것이다. 그 바람에 버스가 내 차 뒤로 순서가 밀려 건장한 체구의 사내가 분노한 것이다.

신변의 위협을 느낀 나를 구해 준 건 신호등이다. 다시 녹색으로 신호가 바뀌자 뒤의 차들이 빵빵댔다. 화를 주체하지 못하던 그도 여러 운전자가 동시에 경적을 울리자 할 수 없이 내차 문을 닫고 버스 쪽으로 갔다. 졸지에 당한 일에 얼이 나간 나는 어찌어찌 예술회관까지 차를 몰고 갔다. 주차를 하고 시동을 끄는 순간 둑이 터진 듯 참고 있던 감정이 솟구쳤다. 나는 운전대에 엎드려 한참이나 그대로 있었다. 그리고 그가 왜 그렇게까지 화를 냈는지 생각해 보았다.

오십 대 중반쯤으로 보인 그는 아마도 한 가정의 가장이었을 것이다. 자녀는 둘쯤 있지 않을까. 어쩌면 그중 하나가 취직이 안 되어 자나 깨나 근심일지도 모른다. 한술 더 떠 아예 취직 같은 건 포기하고 집안에만 박혀 사회생활을 않는다면 부모의 근심이 얼마나 크겠는가. 그날도 종일 그 걱정으로 운전대를 잡았다면 사소한 일에도 화를 낼 수밖에 없지 않았을까.

화는 나도 잘 낸다. 게다가 화나게 한 이유가 해결되지 않으면 쉽사리 풀지 못하는 질긴 면도 있다. 현대를 사는 우리는 너나없이 왜 이렇게 화를 잘 낼까. 무슨 부당한 일을 많이 겪기에 화가 이리도 많단 말인가. 만일 그렇다면 그 부당함을 수정하기 위한 노력은 얼마나 했던가. 그런 노력을 할 용기가 없어서, 아니면

번거로운 것이 싫어서 버럭버럭 화만 내는 것은 아닐까. 여기에
생각이 이르자 화나는 일 앞에서 한 여성이 보여준 조용한 행동이
나를 부끄럽게 만든다.

얼마 전, 한·일 양국의 위안부 협상 타결 소식과 함께 시민들의
모금으로 설치한 처녀상을 철거한다는 이야기가 나왔을 때다. 일
본의 진정한 사과 없이 돈을 받고 그 일을 무마한다는 것에 많은
사람이 협상 무효를 주장했다. 피해 할머니들의 의사가 반영되지
않은 협상에 나도 대뜸 화부터 냈다.

한편, 이를 찬성하는 '어버이연합'이라는 보수 단체도 있었다.
소녀상으로 진입하는 그 단체 사람들을 막은 건 한 가냘픈 젊은
여성이었다. '인간에 대한 예의'라는 문구를 적은 피켓을 든 그녀
는 잔잔한 미소까지 짓고 있었다. 큰 소리 내지 않고 얼굴도 붉히
지 않는 그녀의 메시지. 그러나 그 어떤 대단한 규모의 시위 못지
않은 큰 파문을 일으키며 사회의 주목을 받았다.

그날 저물녘에 그렇게 화를 낸 버스 기사도, 툭하면 화를 잘
내는 나와 우리 사회의 또 다른 많은 나도, 사실은 제대로 화내는
법을 잘 모르는 것이 아닐까. 그래서 문제 해결은커녕 서로에게
상처만 주는 것은 아닐까.

'인간에 대한 예의'라는 문구를 적은 피켓을 들고 미소 짓던 젊

은 여성의 잔잔한 미소, 그 미소가 준 큰 울림이 제대로 화내는 법에 대해 많은 생각을 하게 했다.

(2016. 1. 18.)

어설픈 통치자

복숭아밭마다 농부의 손길이 분주하다. 한해 농사의 출발, 전지 작업이 한창인 것이다. 포도나무 전지를 마친 우리도 이제부터는 복숭아나무 전지를 해야 한다.

가위를 들고 복숭아나무 앞에 섰는데 막막하다. 어떤 가지를 버리고 어떤 가지를 택할 것인가. 작목반 회의에서 강의도 여러 번 들었고 밭 이웃들이 오가며 한마디씩 조언도 해 주었다. 접때는 이장님이 일부러 와서 전지시범을 두 나무 보여주고 가셨다. 그때 선명하던 머릿속의 그림은 어디로 간 걸까.

전지를 배워야 한다며 야심 찬 각오로 따라나선 딸이 가위 든 손을 들어 보이며 단순한 것부터 시키라고 한다. 해 줄 말이 없다. 내 잘못된 판단이 엉뚱한 가지를 살리거나 죽이기도 할 것이기 때문이다.

문득 나는 신임 통치자의 심정이 된다. 통치자에게는 어떻게 해야 다양한 계층의 국민이 골고루 행복할 수 있는지 꿰뚫어보는 통찰력이 있어야 한다. 무엇보다 필요한 것은 국민의 소리를 잘 귀담아들을 줄 아는 소통의 정치다. 국민과의 소통이 안 되면 엉뚱한 통치를 하게 되고, 그것은 부와 권력의 쏠림현상으로 이어지며, 결국 국가적 불행을 낳을 수밖에 없다.

어찌 보면 우리 과수원도 작은 국가를 보는 듯하다. 복숭아나무는 순한 성격이면서도 품종마다 개성이 다르다. 우리 밭의 흙은 대체로 점질 황토지만 위치에 따라 토양의 성격이 조금씩 다르다. 따라서 품종이나 위치에 따라 다른 것을 원하는 나무의 소리에 귀 기울여야 한다. 전지를 비롯한 모든 작업이 나무가 원하는 대로 적절히 이루어져야 제 특성대로 잘 성장할 수 있기 때문이다. 그러나 작년에 복숭아나무를 심은 나는 복숭아나무가 원하는 소리를 듣는 귀가 아직 열리지 않았다. 어떻게 할 것인가.

신임 통치자가 난감한 일을 만났으면 타인의 지혜를 빌리는 것은 흉이 아니라 칭찬받을 일이다. 주위에는 온통 복숭아 과수원이고 기술을 전수해 줄 선생님이 과수원마다 있지 않던가. 우리는 가위를 놓고 길을 나선다.

먼저 이장님 과수원으로 간다. 이장님은 판단도 빠르고, 말도 빠르고, 손길도 빠르다. 이쪽 가지를 자른다 싶으면 어느새 다음 가지를 자르고 있다. 이러니 그 많은 농사를 지으면서도 시간적 여유를 누리나 보다. 전지 방법은 사람마다 조금씩 다르다며 바로 위 당신 아우님 밭에까지 가서 다른 점을 설명해 주신다. 늘 느끼지만 참 고마운 분이다.

다음은 조금 더 위쪽 미리네 과수원이다. 미리 아빠는 이름난 고수 농사꾼이다. 그 비법을 나는 안다. 부지런하고 똑똑하고 건강한 것, 게다가 부부의 뜻이 딱딱 맞으니 뭐 어긋날 일이 없을 터이다. 내게 이런 이웃이 있다는 건 큰 재산이다.

바로 위 과수원의 아름이 아빠는 복숭아 농사 경력이 나보다 삼사 년 선배다. 작목반 교육도 부지런히 받고 배운 바를 실천하려고 노력하는 젊은 선배, 그래서 이제 막 복숭아 농사 걸음마를 떼는 내 심정을 잘 헤아려준다. 역시 고맙다.

다시 우리 복숭아밭이다. 도열한 나무들의 조용한 모습이 통치자의 처분만 기다리는 순한 모습이다. 우리는 더듬더듬 조심스럽게 가지를 자른다. 하지만 필시 딸과 나는 자르지 말아야 할 것을 자르거나, 잘라내야 할 것을 남기는 실수도 하고 있을 터이다. 그럼에도 일을 진행한다. 혹시 올해는 과오를 범하더라도 내년부터는 제대로 할 수 있으리라 마음 다져 먹으면서.

아무래도 내 복숭아나무들은 어설픈 통치자를 만난 것은 확실하지 싶다.

(2016. 2. 15.)

필리버스터 정국

　나는 포도나무 전지작업은 쉽게 잘한다. 가지의 굵기와 겨울눈의 방향 등을 고려해 버릴 것과 남길 것을 선택하면 된다. 삼십여 년 해 온 일이라 별 고민 없이 쉽게 할 수 있다.

　그러나 복숭아나무를 전지해 보니 가위질하는 시간보다 생각하는 시간이 몇 배 더 걸린다. 어떤 가지를 취하고 버릴 것인가. 한 번의 잘못된 가위질이 나무의 수형을 엉망으로 만들어버린다는 것을 생각하면 신중할 수밖에 없다. 수형, 성격 등이 포도나무와는 많이 다른 나무. 다행히 복숭아나무는 어지간히도 무던한 성격이다. 그 무던함을 믿고 복숭아 농사 초보인 내가 더듬더듬 전지작업을 직접 했다.

　포도나무와 복숭아나무는 수형과 성격만 다른 것이 아니다. 과실의 모양과 맛도 천양지차로 다르다. 성숙한 여인을 연상시키는

낭만적인 외관에 새콤달콤한 맛이 포도의 특징이라면, 아기 엉덩이를 연상시키는 모양의 복숭아는 풍부한 과즙과 향이 일품이라 할 것이다. 이렇게 나무는 그 어떠한 일이 있어도 제 개성대로 성장하고 열매 맺는 본연의 역할에서 절대로 벗어나지 않는다.

혼자 일할 때 나는 라디오를 켜고 볼륨을 키워 옆구리에 찬다. 주로 음악을 듣지만 요 며칠은 국회에서 진행되는 '무제한 토론'을 듣고 있다. 국회의장이 테러방지법을 직권상정하자 야당이 '필리버스터 정국'으로 대응한 것이다.

우리에게는 너무나 자주 봐서 굳어버린 국회의 부정적인 이미지가 있다. 서로 고함치는 것은 보통이요, 마이크와 의사봉을 차지하기 위해 삿대질과 멱살잡이도 서슴지 않던 광경…. 국민이 정치를 부정적인 시각으로 보는 것은 그 모습에 피로감이 쌓인 탓도 있지 싶다.

그런데 이 토론은 그와 사뭇 다른 풍경이다. 명징하고 신선하다. 어떤 의원은 명쾌하게, 어떤 의원은 차분하게, 어떤 의원은 논리정연하게, 또 어떤 의원은 휠체어에 앉아서…. 유연하지만 단호한 이 토론을 직접 보기 위해 방청석을 가득 메운 시민들도 내 심정과 비슷하지 않을까. 그런데, 많은 의원을 비롯해 어젯밤 진선미 의원까지 100시간을 훌쩍 넘기면서 이어가는 이 토론은 대체 왜 하게 된 걸까.

알다시피 이 일은 무소불위의 권력을 향한 국정원의 질주를 막자는 데에 있다. 국정원이 국내 정치에 관여하는 것과, 영장 없이도 민간인을 사찰하는 것을 막자는 것이다. 국내 치안은 검·경이 하면 될 것이다. 국정원은 대북정보, 대테러, 국제범죄, 국가보안 등의 본연의 업무에 충실하면 된다. 국정원이 검·경의 일을 하겠다는 것은 마치 포도나무가 복숭아를 달겠다는 것처럼 괴이한 일이다. 검·경이 할 일은 검·경이 하고, 국정원이 할 일은 국정원이 한다면 이런 토론이 왜 필요하겠는가.

포도나무는 포도를 다는 일에만 열중한다. 결코 사과를 달거나 복숭아를 다는 일이 없다. 복숭아나무도 열매로 복숭아만 단다. 죽으면 죽었지 사과나 배, 포도를 다는 일이 없다.

야당이 밤을 새워가면서 무제한토론을 이어가지만, 테러방지법은 결국 통과되지 않을까 싶어 불안 불안하다. 하늘이 무너진다 해도 흔들림 없을 식물 세계의 질서가 부럽다.

(2016. 2. 29.)

우리 시대의 피노키오

　서연이가 공연을 관람하고 왔다. 어린이집에서는 가끔 가까운 거리에 있는 음성예술회관으로 단체관람을 간다. 지난달에는 '오즈의 마법사'를, 이달에는 '피노키오'를 보고 왔다.

　길어졌다가 짧아졌다가 하는 피노키오의 코가 네 살 동심을 사로잡았나 보다. 초롱초롱한 눈을 하고 손을 앞으로 쭉 내밀며 코를 늘리는 흉내를 낸다.

　"할머니, 피노키오 코가 이렇게 쑥 나왔어요!"

　"저런 딱해라, 그래서 어떻게 됐니?"

　"그런데 거짓말을 안 했더니 다시 들어갔어요."

　공연 관람의 감동이 컸던지 서연이는 쉬지도 않고 조잘조잘한다. 나쁜 사람이 피노키오를 잡아갔다, 고래 뱃속에서 아빠를 만났다, 착해졌더니 진짜 사람이 되었다 등등.

　이야기를 듣는데 문득 싱거운 생각이 떠오른다. 만일 거짓말을 할 때마다 실제로 사람의 코가 길어진다면 내 코의 길이는 얼마나 될까? 때로는 의식적으로, 때로는 무의식적으로 했던 나의 거짓말. 살면서 내가 한 거짓말을 몽땅 들추어낸다면 내 코의 길이는 아마 석 자도 넘지 않을까. 거추장스러운 코를 어찌할 바를 몰라 어깨에 걸치고선 쩔쩔매는 내 모습을 상상하니 어찌나 우스꽝스러운지. 한술 더 떠 나와 비슷한 길이의 코를 가진 사람들이 버스나 지하철을, 또는 도심 거리를 메운 풍경이 떠올라 비실비실 웃음이 나온다.

내친김에 상상력을 확장해본다. 어떤 사람이 가장 정상에 가까운 코를 가졌을까? 우선 노인, 처녀, 장사꾼의 코는 정상적이거나 길어도 아주 조금만 길지 않을까 싶다.

그 이유는 첫째, 노인이 죽고 싶다고 하는 말은 이제 거짓말이 아닌 경우가 많다. 노인빈곤 시대를 살아가는 어르신들이 스스로 삶을 포기하는 일이 많아졌기에 하는 말이다.

둘째, 처녀가 시집가기 싫다는 것은 거짓말이라는 말도 옛말이 되었다. 높은 청년 실업률은 청춘들의 연애와 결혼 여건을 어렵게 해 결혼 연령이 높아지거나 아예 독신으로 사는 경우가 많기 때문이다.

셋째, 장사꾼이 밑지고 판다는 말도 참말인 경우가 많아졌다.

오죽하면 문을 닫는 소상공인이 많다는 뉴스가 번번이 나오겠는 가. 물건 값에서는 조금 남긴다 해도 가게 월세, 재고상품, 직원 아르바이트 비용 등까지 고려하면 실제로는 밑지고 파는 일도 허다한 것이다. 그러니 노인, 처녀, 장사꾼이 우리나라 삼대 거짓말을 한다는 주장은 이제 설득력이 좀 떨어진다고 본다.

반대로 코가 긴 사람이 가장 많은 동네는 어디일까? 얼핏 생각해도 정·재계 쪽이 아닐까 싶다. 선거 때 핏대를 올려가며 외치던 공약도 당선만 되면 나 몰라라 하기 일쑤요, 청문회에 증인으로 불려 나와서는 기억에 없다며 모르쇠로 잡아떼는 동네. 그러나 그 모르쇠는 처음부터 작정하고 하는 거짓말일 공산이 크다. 그러니 툭하면 하는 거짓말에 덩달아 코도 쑥쑥 길어질 게 아닌가.

이제 사월 총선이 코앞으로 다가왔다. 어떤 이는 그놈이 그놈이라 뽑아 줄 놈이 없다고 했다. 그렇더라도 그중에서 조금이라도 좋은 후보를 찾아 투표는 해야 한다. 투표를 포기하는 것은 길대로 길어진 코쟁이들이 선택받는 것을 방관하는 일이 될 것이다. 긴 코를 둘 곳이 없어 목도리처럼 둘둘 감은 이 시대의 피노키오들, 그런 희한한 모습의 사람들이 우리 국회를 메운 진풍경을 보는 일은 없어야 하지 않겠는가.

(2016. 3. 28.)

복사꽃을 따면서

 총선을 며칠 앞둔 읍내 아침 풍경이 재미있다. 하나로마트 앞 사거리를 지나는데 빨간 옷을 입은 사람들이 호각소리에 맞춰 일제히 절을 한다. 다음 사거리에서는 파란 옷을 입은 사람들이, 다리목에서는 연두색 옷을 입은 사람들이 내 차에 대고 공손하고도 낮은 자세로 절을 한다. 덜덜거리는 내 고물 트럭이 언제 이렇게 극진한 예우를 받은 적이 있었던가. 선거철이 된 뒤 갑자기 받는 대접이 민망하다. 군청 사거리를 지나자 차는 이내 내 과수원이 있는 동네로 접어든다.

 이른 아침이지만 동네는 과수원마다 복숭아 꽃눈 따는 손길로 분주하다. 나도 부지런히 채비하고 밭으로 든다. 며칠 전 내린 비에 터질 듯 말 듯 부풀어 오른 분홍빛 복사꽃 봉오리가 함초롬하다. 이렇게 고운 꽃이라도 좋은 복숭아를 생산하려면 망설임

없이 솎아내야 한다.

　꼭대기 가지는 까치발을 들어도 손이 닿지 않는다. 사다리 놓는 것이 번거로워 무리하게 당기다 큰 가지가 통째로 부러지고 말았다. 아직 3년생이라 엄청나게 큰 가지는 아니지만, 한 번의 실수로 올해 수확의 손해는 물론 나무의 수형까지 흐트러져버린 걸 생각하니 후회막급이다.

　결과지를 세어본다. 대략 스무 개 정도다. 앞으로 큰 뿌리 하나에 잔뿌리 스무 개 정도가 서서히 죽어 갈 것이다. 나무는 지상부가 상하면 비율을 맞추기 위해 그만큼의 뿌리도 스스로 죽여 버린다. 반대로 뿌리가 상해도 그만큼의 잎을 떨어트려 지상부를 건강하게 키워 낸다. 지상부와 지하부의 비율을 스스로 맞추는 나무. 사람 사는 세상도 이런 모습이라야 자연스러울 터인데 그것이 참 쉽지 않은 모양이다.

　우리는 도시가 꽃이라면 농촌은 뿌리라는 말을 흔히 한다. 우리 사회가 한 그루의 큰 나무라면 지상부인 도시가 활짝 꽃 피울 수 있도록 굳건하게 땅에 뿌리내리는 것이 농촌인 것이다. 그런데 이 뿌리가 심상치 않다. 봄이면 수입농산물을 피해 이것저것 심어 보지만, 수확 후 판매를 해 보면 생산비에 못 미치는 경우가 많다. 그건 농민이 가져야 할 몫의 수입이 어딘가로 흘러갔기 때문일 것이다. 도시 서민들도 어렵기는 농민 못지않다고 한다. 그렇다면 그건 아마도 최상위 부유층으로 가지 않았을까. 뿌리가 허약해졌는데 꽃만 엄청나게 크고 화려해서야 그 꽃을 두고 진정한 의미의 꽃이라고 할 수 있을까.

대한민국이라는 큰 나무의 뿌리가 건강하자면 이번 선거에서 농민 출신이 나수 당선되는 것이 바람직하다고 본다. 하지만 당선 가능성 있는 후보 중에 농민 대표는 드물다. 민중연합당에서 농민 대표 후보가 나왔지만 당선 가능성은 미미한 모양이다. 더불어민주당에서 비례대표 당선권 안에 축산인 한 명이 포함된 것은 그나마 다행이나 이것만으로는 부족하지 않을까. 국회의원 수가 적은 것도 문제지만 당을 막론해 농업 관련 공약이 부실한 것은 더 문제다. 예산 편성이나 농업과 관련한 각종 입법에서 타 산업보다 불이익을 받을 것이 예상되기 때문이다. 정치권에서 농업을 적자 산업이라고 규정해버린 것 같아 나는 위기감을 느낀다.

복사꽃을 따면서 생각이 많아졌다. 가지가 부러지면 그만큼의 뿌리를 스스로 죽이고, 뿌리가 죽으면 스스로 잎을 떨어트려 건강한 생명을 이어가는 나무. 총선을 사흘 앞둔 오늘, 뿌리는 생각하지 않고 꽃만 이야기하는 정치권이 안타까운 날이다.

(2016. 4. 11.)

사월의 출발

　결혼은 도통 생각 없는 것 같던 큰딸이 오늘 사월의 신부가 되었다. 제 동생이 5년이나 먼저 결혼했어도 그저 태평하던 아이다. 결혼적령기가 딱히 있는 건 아니나 나는 딸의 나이가 슬슬 마음 쓰이던 차였다. 그러다 배필을 만났으니 마땅히 두 팔 벌려 환영할 일이다. 신부 엄마라는 사람이 남세스러운 것도 모르고 예식 내내 싱글벙글했다.

　하객들이 돌아가고, 신랑·신부도 신혼여행지로 떠나고, 나도 작은 아이 내외와 손녀딸과 한 차로 귀가했다. 음성이 가까워지자 차창 밖에는 평택과는 판이한 풍경이 끝없이 이어졌다. 사람이 만든 위대한 도시가 평택이라면, 자연이 만든 위대한 도시는 음성이라고 하면 과장일까. 자연은 높고 낮은 산의 겉옷으로 연초록 옷을 입히고, 속살은 연분홍 진달래꽃으로 가리고 있었다. 겨우

내 빛을 잃고 야위어 가던 산도 겉옷 속옷을 따로 지어 입느라 생명의 빛깔로 분주한 달, 어쩐지 신랑·신부의 앞날도 이 사월처럼 아름다울 수 있을 거란 근거 없는 믿음이 자리 잡았다.

그런데 참 이상하다. 잠자리에 들었는데 통 잠이 오지 않는 것이다. 낮에는 밀린 숙제를 마친 것처럼 시원하기만 했는데, 불과 몇 시간이 흐른 지금 잠을 청할수록 만사가 다 걱정스러우니 이 무슨 심사인가. 우리 새 사돈도 나처럼 이 시간 잠을 못 이루실까. 아들 둔 부모라고 마냥 편하기야 할까만 딸을 둔 어미는 오만 가지가 다 염려스러운 것이 사실이다. 더구나 내 딸이 매사 어설프다면 오죽하랴. 앞으로 딸아이가 카페 운영과 가정생활 둘을 동시에 잘해낼 수 있을지, 대가족인 시댁 식구들과의 화합이나 소통은 무난하게 할 수 있을지, 늦은 나이만큼이나 확실하게 자리 잡았을 각자의 개성 때문에 충돌이 잦지나 않을는지 등등.

"세상에는 공짜로 얻어지는 것이 없다."

내 어머니가 생전에 자주 하신 말씀이다. 무언가를 얻고자 한다면 그만큼 이상의 노력을 해야 한다는 뜻이었다. 살아보니 그 말씀이 어찌나 지당하신지. 한 그루의 나무를 키우는 일도 그저 대충 해서는 그 기쁨을 얻을 수 없거늘, 하물며 한 가정을 꾸려 가는 일에야 얼마나 더 많은 정성이 필요하랴. 경험으로 보아 행복이라는 씨앗은 어찌나 도도한지 호락호락하게 꽃 피우고 열매 맺는 것이 아니었다. 더러는 온 마음을 다해, 더러는 아주 조심스러운 마음으로 정성 들여 가꾸어야 하는 것이다. 그렇게 한 걸음 한 걸음 앞을 향해 발자국을 옮길 때마다 긍정적인 감정을 많이 느낀다면 그것이 바로 우리가 말하는 행복이 아닐까.

지금까지 혼자 걸어오다가 이 사월에 짝과 손잡고 함께 걸어갈 두 사람. 일 년 가운데 가장 아름다운 달, 누구나 마음의 씨를 뿌리고 미래에 대한 희망을 이야기하는 사월, 지금은 모든 생명이 기나긴 마라톤에서 막 출발점을 통과한 것처럼 앞을 향해 내달리고 있다. 이런 때에 새로운 시작을 한 내 딸 그리고 내 사위, 나아가 또 다른 많은 신랑·신부의 앞날도 사월의 출발처럼 활기차고 아름답기를….

(2016. 4. 25.)

성준이의 오월

　오월의 신록은 성장이 빠르다. 가만히 마음 기울이면 세상 온갖 초록의 함성이 들리는 것만 같다. 내 마음의 귀에는 이 함성이 살아있음의 기쁨으로 들린다. 콘크리트 갈라진 틈바구니에 뿌리 내린 생명이라 할지라도, 살아남아 꽃피우고 씨앗을 남기리라는 열망으로 분주한 오월이다.

　우리 사는 세상도 기쁨을 나누느라 분주하다. 서연이는 어미·아비의 손을 잡고 설성공원에서 열린 어린이날 행사에 가서 많이 웃고 왔다. 어버이날을 맞아 큰아이 내외도, 작은 아이 내외도 시부모님께 인사를 갔다. 나를 위한 어버이날 행사는 지난주에 근사한 식당에서 미리 치렀다. 너나없이 바삐 사는 세상이다. 이나마 '어버이날'이라는 날을 정해놓지 않았다면 형식적인 기쁨이라도 누릴 기회는 더 적지 않았을까. 아이들은 뛰어놀고, 어른들은 그 손주들을 보는 것만으로도 행복한 달 오월. 그러나 오월이라 더 아픈 가슴도 있다.

열네 살 성준이는 가습기 살균제 피해로 폐가 심하게 손상되었다. 숨을 쉬기 위해 목에 구멍을 내 산소 튜브를 끼고 생활한다. 자기 몸무게의 절반이 넘는 무게의 산소통도 항상 끌고 다녀야 한다. 한창 뛰어야 할 열네 살…. 성준이는 체육 시간을 어떻게 보낼까. 생각만으로도 가슴이 먹먹해진다.

이 가습기 살균제는 판매가 중단될 때까지 10년 동안 유통되어 500만 명이 사용한 것으로 추정된다. 그러나 피해자로 인정받은 사람은 오늘 현재까지 단 221명으로 집계 되었다. 피해 증세가 그 때문이라는 걸 증명해야 하는데, 해당 제품을 샀다는 증거를 찾는 것이 사실상 어려워서라고 한다.

성준이 가정도 이런 어려움으로 막막할 때 오래된 앨범에서 사진을 한 장 발견했다. 성준이가 아기였을 때 크리스마스이브 날 주방을 배경으로 찍은 사진이다. 성준이를 안은 아빠, 그리고 행복한 표정의 가족들…. 그 뒤 배경으로 주방 창틀이 보이고, 그 창틀에 문제의 가습기 살균제가 세워져 있다. 그러나 이 사진을 찾지 못했다면 성준이가 가습기 살균제 피해로 폐가 손상되었다는 것을 어떻게 증명한단 말인가.

이해할 수 없는 것은 해당 제품을 생산한 '옥시' 측의 대응이다.

그동안 피해자들의 호소를 외면하던 옥시, 언론 인터뷰조차 거부하던 옥시가 검찰의 수사가 시작되자 피해자 발생 5년 만에야 공식 기자회견을 연 것이다. 그것도 피해자와 그 가족에게는 연락하지 않고 기자들만 모아 사과했다. 코가 땅에 닿도록 절하는 옥시 측의 사과에 피해자들을 향한 진심 어린 사죄의 마음이 과연 담겼을까. 오월의 신록은 너무도 싱그러워 찬란하도록 빛나는데, 우리 세상은 이리도 무정하고 차갑다. 그 무거운 산소통에 의지해야만 숨을 쉴 수 있는 성준이, 그리고 드러나지 않은 또 다른 많은 성준이는 이 냉정한 세상을 어떻게 살아갈까.

성준이가 용기를 내서 잘 살아갈 수 있도록 우리가 할 수 있는 일은 별로 없는 것 같다. 그 이야기를 들어 주고 아픔을 공감해 주는 것, 내가 기쁠 때도 잠시 그 아픔을 기억하며 해당 기업의 제품을 쓰지 않는 것 외에는.

그러면서도 염치없이 소망해 본다. 콘크리트 틈새를 비집고 기어이 살아내는 저 오월의 신록을 보면서 힘을 내라고. 말과 활동이 부자유스럽지만 힘내서 살아달라고, 한 걸음 더 나아가 기쁨도 누리며 살라고. 그것이 너를 이 오월의 신록보다 더 싱그럽고 빛나는 한 인간으로 잘 성장시켜 줄 것이라고.

(2016. 5. 9.)

늦기 전에

　아름다운 오월이다. 남새밭에는 채소들이 싱그럽고 복숭아나무는 꽃잎만큼이나 고운 초록 잎사귀를 가지마다 피워 올린다. 잎사귀와 숨바꼭질하며 쑥쑥 자라는 아기 복숭아는 예순 촌부의 무딘 감성도 깨울 만치 어여쁘다. 오월의 이 푸르름 앞에 서면 때로 뾰족하던 마음도 슬그머니 넉넉해지고 만다. 어느 한날 한시도 같지 않은 모습에 무표정하지 않은 오월. 오월은 자연을 품고 자연은 사람을 품었다.

　그러나 이 찬란하도록 아름다운 오월에 안겨서도 우리 사회는 지금 슬픔에 휩싸이고 말았다. 서울 강남역에서 일어난 '묻지 마 살인' 사건 때문이다. 이 안타까운 일로 우리 사회 전체가 충격에 빠졌다. 특히 여성들이, 그중에서도 젊은 여성들의 충격이 크다. 이 위험한 세상에서 어떻게 안전하게 살아갈 수 있을까에 대한 두려움 때문이다. 현재까지 범인은 여자에게 무시당한 것에 대한 앙심으로 일을 저질렀다는 한마디만 남겼다.

강남역 10번 출구는 고인을 추모하는 공간이 되었다. 피해 여성을 추모하는 행렬에는 남성들도 있지만 젊은 여성들이 많았다. 여성들은 주로 고인의 명복을 비는 내용과 '여자가 안전한 사회를 원한다'라는 내용의 손팻말을 들었다. 그런데 이 행진에 참여한 사람들은 대부분 마스크를 썼다. 여성이 안전하게 살기 어렵다는 위기의식이 자기의 얼굴을 가리게 한 것이 아닐까.

그런데 추모현장이 돌연 난상토론의 장으로 바뀌었다고 한다.

"정신병자가 죽었는데 정신병자 책임이죠."

"총기 사고 많으니까 군대 없애야겠네. 믿음직한 여자들한테다 맡겨야지."

일간베스트 커뮤니티 회원과 일부 남성들이 시민을 향해 이렇게 외쳤기 때문이다. 저들이 제기한 주장은 이 사건을 남성 대 여성의 대결로 몰아 혐오라는 단어를 오용하고 있다는 것이었다. 하지만 추모 물결에 동참한 사람들은 남녀 대결을 원치 않는다. 우리 사회가 이 사건의 심각성을 깨닫고 고민해보자는 것뿐이다. 남성과 같이 귀하게 태어났으나 차별받고 무시당하는 여성들, 나아가 이보다 더 약한 사람들도 안전하게 살 수 있는 사회를 만들어 가자는 당연한 바람이 자연스럽게 일으킨 추모 물결인 것이다. 저들은 왜 순수한 추모 물결을 남녀대결이라고 왜곡하는 걸까. 요즈음은 뉴스를 보기 겁 날 정도로 무서운 사건이 많다. 대체 무엇이 문제일까.

날 때 우리는 모두 사월의 새싹처럼 조그마했고, 자랄 때 우리는 모두 오월의 신록처럼 푸르렀다. 모두가 다 누군가의 사랑스러운 자녀이고 희망이었거늘, 그 어떤 분노가 얼마나 쌓였기에 인명을 해치는 일도 서슴지 않는 걸까. 이제 무엇으로 이 지경까지 망가진 심성을 다시 푸르르게 회복할 수 있을까.

요 며칠 나는 이런 생각으로 머리가 복잡했다. 하지만 평생 농사만 지어온 촌부에게 묘책이 있을 리 없다. 다만 눈부시게 아름다운 오월의 신록을 보며 막연히 희망을 이야기하고 싶어지는 것이다. 아니다. 어쩌면 나를 비롯한 우리는 이미 답을 알고 있는지도 모르겠다. 실천하지 않는 것이 문제일 뿐….

이제는 우리가 아는 그 답을 실천을 통해 구해야 할 것이다. 빈부 격차의 해소, 더불어 살아가는 인간애, 그리고 인성 회복…. 더 늦기 전에 희망이라는 씨앗에 물을 주고 가꾸자. 남을 위해서가 아니라 내 가족의 안전을 위해.

(2016. 5. 23.)

눈물의 컵라면

개도 안 걸린다는 오뉴월 감기로 어언 일주일째 고생이다. 눈도 뻑뻑하고, 얼굴 근육도 아프고, 목은 심하게 아픈 데다 퉁퉁 붓기까지 했다. 거기다가 악명 높은 중국발 미세먼지까지 목의 통증을 가중시킨다. 과수원 일이 한창 바쁠 때 몸이 이 지경이니 일이 자꾸 밀린다. 문제는 삼시 세끼 밥을 좀 잘 먹어야 이겨 낼 것 같은데, 이놈의 밥알이 아무리 씹어도 입안에서 뱅뱅 돌기만 한다. 푸짐하게 잡히는 옆구리 살을 걱정하며 제발 입맛 좀 없어 봤으면 좋겠다고 생각한 내 식성이 얼마나 큰 축복이었는지, 너무 배가 고프니 이제야 알겠다.

내가 어릴 때는 '안녕하세요?' 라고 하는 인사를 몰랐다.

"아침 잡샀는기요?"

"그래, 니도 밥 묵었나."

길을 가다 동네 어른을 만나면 그렇게 인사했다. 어른들은 식사 전이라도 당연히 먹었노라 대답했다. 어른을 만나도, 친구들을 만나도, 그 누구를 만나도 식사 잘했는지 물으면 공손하고 인사성 바른 아이로 통했다. 보리밥도 배불리 먹지 못해 배고픈 사람이 더러 있는 시절이었으니, 삼시 세 끼 끼니를 잘 챙겨 먹기를 바라는 마음이 담긴 최고의 인사였던 것 같다.

어느덧 세월이 바뀌어 모두들 배가 너무 불러 탈인 시대가 되었다. 맛있는 음식 앞에서 한 숟가락만 덜 먹기 위해 용 쓰는 사람, 아침마다 저울 위에 올라가는 것이 일상이 된 사람, 아예 다이어트 중임을 선언하고 주위의 협조를 구하는 사람까지. 우리는 다양한 모습으로 부른 배를 줄이기 위해 노력한다.

그러나 이런 시대에도 밥을 제대로 먹지 못하는 사람이 있다. 학대 아동, 독거노인, 그리고 너무 바빠서 밥 먹을 시간조차 없는 사람들….

또 사고가 나고 말았다. 구의역 스크린도어를 수리하다 들어오는 전철을 미처 피하지 못한 채 열아홉 청년이 숨지고 만 것이다. 정규직으로 전환 될 미래를 꿈꾸며 책임감 있게 일한 청년, 청년의 가방 속에는 뒤섞인 공구와 함께 컵라면과 나무젓가락이 나왔다. 밥 먹을 시간조차 없을 정도로 바쁜 근무 환경에도 150만 원의 월급 중 100만 원씩이나 적금을 부었다고 한다. 많은 사람이 배가 불러서 탈일 때 먹을 시간이 없어 배가 고팠던 청년….

그런데 메트로 측이 이번 사고를 그렇게 성실하게 일한 청년의 탓으로 돌리려고 했다. 피해자가 2인 1조로 다녀야 한다는 규정을 어겼다는 것이다. 인건비를 줄이기 위해 일손을 적게 쓴 업체의 적반하장이 비정하다. 이에 그 어머니는 잘못이 있다면 아들을 책임감 있게 키운 게 잘못이라며 절규했다.

사고 다음 날은 청년의 생일이었다고 한다. 어머니가 차려주는 따뜻한 미역국의 생일상을 기대했을 청년. 그러나 청년은 미역국을 못 먹은 것은 물론이고, 시간에 쫓겨 가방 속의 컵라면조차 먹지 못하고 사고를 당하고 말았다.

이제는 시간에 쫓기지도 않으며, 때도 거르지 않고, 비정규직의 서러움도 없는 그곳에서 부디 편안하시기를.

(2016. 6. 20.)

비옥한 계절에는

주말부부인 큰아이는 결혼 후에도 늘 어미 집에 와서 밥을 얻어 먹는다. 제집에서는 거의 잠만 자다시피 한다. 결혼한 뒤 바로 입덧을 하는 경사가 생기는 바람에 그렇게 된 일인데, 주말에 제 남편과 병원 간다더니 일찌감치 왔나 보다.

"엄마, 해물탕 끓이려고 하니까 청양고추 좀 따서 일찍 퇴근 해!"

울렁거림이 좀 가라앉는지 모처럼 음식 솜씨를 발휘할 모양이다. 큰아이의 전화를 받자 더 분주했다. 작은 아이가 파 몇 뿌리 뽑는 동안 나는 청양고추와 가지를 땄다. 입덧하는 큰아이가 좋아 하는 딱딱한 복숭아도 몇 개 골라 서둘러 차의 시동을 걸었다.

초보 복숭아 농사꾼인 나는 봉지 씌우기 작업이 끝나면 좀 한가 해질 거라 믿었다. 바쁜 일 좀 치우고 나서 미장원도 다녀오고,

여름옷도 좀 사러 갈 짬은 날 줄 알았다. 아직 정리도 못 한 봄옷은 깊이 넣고 여름옷을 꺼내야지 했었다.

그런데 며칠 전이었다. 복숭아 다 익었는데 안 따고 뭐 하느냐며 이장님이 달려오셨다. 병아리 농사꾼 내 눈에는 아직 덜 익은 것 같은데, 복숭아는 너무 익으면 유통 중에 물러버려 조금 덜 익었을 때 따야 한다는 것이다. 창고 정리노 못 했고 자재 준비도 안 한 상태였다. 같이 농사짓는 작은 아이와 나는 체력 충전할 시간도 없이 그날부터 다시 며칠을 동동거렸다. 그리고 오늘 수확을 마무리했다. 이제 다음 품종 수확기까지는 다소 여유가 있으리라.

참으로 오랜만에 세 모녀가 이야기꽃 피우며 싱크대 앞을 오갔다. 큰아이가 해물탕 끓이는 동안 나는 가지를 찌고 시금치도 데쳤다. 작은 아이는 설거지를 하며 양념을 준비했다. 서연이와 두 사위는 온 지 이틀 되는 강아지와 놀면서 간간이 대화에 끼어들었다.

방금 거두어 온 재료들은 가지나물과 시금치나물이 되어 예쁜 접시에 다소곳하게 담겼다. 다듬고, 씻고, 데치고, 찌고…. 손 많이 가는 나물 반찬이 오르자 모처럼 싱그러운 식탁이 되었다. 오이지 한 개 썰어 물에 띄워 유리그릇에 담고, 김치도 새로 꺼냈다. 멸치조림도 작은 접시에 조금만 덜어냈다. 중간에 해물탕 냄비를 올리자 풍성해진 식탁에 아이들이 환호했다. 냉장고에 있는 반찬통 꺼내 밥만 퍼서 먹다가 제대로 된 밥상 앞에 앉았으니 자연스럽게 나온 환성이다.

한 끼의 식사는 그저 배만 채워주는 것이 아니다. 밥을 먹으면서 새 식구가 된 강아지 '나무' 이야기와 복숭아에 대한 이야기가 자연스럽게 나왔다. 그러다가 임신, 출산, 육아 쪽으로 이야기가 옮아갔다. 서연이가 앞으로 태어날 아기에게 어떤 역할을 할지에 대해 의견이 분분했다. 나이 차가 네 살이라 친구는 못 되고 보호자가 될 것이다, 네 살 차이면 친구도 될 수 있다, 팽팽한 두 의견 사이에 웃을 일이 많이 생겼다.

소소한 이야기를 느긋하게 나눌 수 있는 한 끼 식사의 여유. 겨울철이었다면 별일 아닌 이 여유가 유독 특별한 것은 여름이 비옥한 계절이기 때문이다.

모든 식물의 키를 쑥쑥 키우는 이 계절에는 농부도 계절의 모습을 닮는 것이 좋다. 많은 노동을 해야 하는 체력은 지칠 줄 모르는 비옥한 여름 땅을 닮는 것이 좋고, 발걸음은 여름 식물이 크는 속도처럼 보폭이 커야 일이 잘 준다. 거기에 마음마저 여름 들녘처럼 풍요로울 수만 있다면 무얼 더 바라랴. 그런 마음을 가질 수만 있다면 동동거리는 일상에서도 잠시의 여유를 좀 더 자주 누릴 수 있으련만.

(2016. 7. 4.)

이웃사촌

일박 이일의 여행을 떠나는 날이다. 관광버스 출발 시각에 맞추려면 아침 7시 30분에는 집을 나서야 한다.

그런데 아침에 복숭아밭 소독을 해야 하기 때문에 어제부터 마음이 바빴다. 새벽 네 시에 울리는 알람 소리에 일어나 밭으로 가 소독을 시작한다.

이 작업을 할 때 조심스러운 곳이 있다. 우리 과수원 아래쪽 땅은 한쪽이 대각선으로 줄어드는 모양이다. 소독할 때 나는 그 지점에서 늘 긴장하고는 한다. 다음 이랑을 주기 위해 회전할 때 쇠파이프 한 개가 닿을 듯 아슬아슬하기 때문이다.

신나게 소독차를 몰다 보니 어느새 그 지점에 이르렀다. 회전할 때 한 번에 돌지 말고 한 번 후진했다가 두 번 만에 도는 것이 안전하다. 그러나 마음이 급한 나는 한 번에 회전하는 쪽으로 선택하고 만다.

'내가 늦어서 남들을 기다리게 해서는 안 돼. 안쪽으로 바짝 붙이면 한 번에 돌 수 있을 거야.'

방제기 꽁무니를 바라보며 '멈춰!' 하고 생각하는 순간 아뿔싸! 일이 나고 만다. 방제기 꽁무니 오른쪽이 쇠파이프에 닿은 것이다. 늦었지만 천천히 후진을 시도해본다. 그러나 방제기가 꿈쩍도 하지 않는다. 내려서 확인해본다. 후진하면서 노즐 부분의 홈에 쇠파이프가 아예 끼어버린 것이다. 저 홈에서 파이프를 빼내지 못한다면 방제기는 결코 움직이지 못하리라. 그러나 저 육중한 시설 중 한 개의 파이프, 삼손이 온다면 몰라도 저걸 어떻게 빼낸단 말인가. 핸드폰을 꺼내 현재 시각을 확인한다. 5시 15분이다.

이 새벽에 누구에게 도움을 청할 것인가. 그냥 혼자 해 보자. 운반기를 끌고 와 밧줄을 매고 당겨보지만 땀만 나지 역부족이다. 다시 시계를 본다. 5시 35분이다.

이제는 누군가의 도움을 받아야 한다. 염치도 팽개치고 예의도 몰라라 해야 할 새벽이다. 누구에게 이 피해를 줄지 그 대상을 정하는 일만 남았다.

기계를 잘 알고, 힘도 좋으며, 무례한 부탁도 들어줄 사람이 누굴까. 기계에 이상이 있을 때마다 불러대고는 하던 이장님. 이 시간에까지 부르자니 참으로 내가 너무 몰염치한 것 같다.

그렇다면 미리 아빠를 불러보자. 미리 엄마에게 조심스럽게 전화해 본다. 어둑새벽 전화에 너무도 놀라는 목소리지만 어쩌겠는가. 사정 이야기를 해 본다. 그리고 얼마 지나지 않아 과수원 입구쪽에서 나는 웅장한 기계 소리…. 미리 아빠가 용감한 지원군의 위용으로 방제기를 몰고 나타났다.

미리 아빠가 파이프의 연결 부위를 풀고 밧줄로 매달아 당기자 마치 꿈을 꾸는 것처럼 파이프가 천천히 빠져나온다. 미리아빠는 방제기를 한 번 가동해 약이 잘 분사되는 것까지 꼼꼼히 확인한다. 그러고도 이것저것 조언해 준 뒤 다시 방제기를 몰고 간다.

희부윰한 여명을 가르며 가는 이웃의 뒷모습에서 나는 눈을 떼지 못한다. 덕분에 소독도 마무리할 수 있고, 버스 출발 시간에도 늦지 않게 되었다. 이웃이 떠난 과수원에 잔영처럼 남은 온기를 체감하며 소독하는데 가슴이 뜨끈하더니 찔끔 눈물이 나온다.

무사히 소독을 마친 나는 이웃사촌의 마음 같은 둥근 해가 떠오르는 것을 보며 벅찬 마음으로 과수원을 나선다.

(2016. 7. 18.)

여기 아버지의 기쁨이

　며칠째 비가 찔끔거린다. 한 이틀 뒹굴뒹굴했더니 그새 과수원이 궁금하다. 날이 새자마자 축축한 공기를 가르고 과수원으로 향한다.

　사흘 만에 온 과수원은 뜻밖의 풍경으로 나를 맞는다. 아기 복숭아나무가 줄 서 있는 양옆으로 초록 초원이 활짝 펼쳐진 게 아닌가. 스무날쯤 전에 승용 예취기로 면도하다시피 바짝 풀을 깎았는데, 비 맛을 보고 바랭이가 함성을 지르듯 일제히 키를 키우는 것이다. 풀잎마다 맺힌 물방울에 오월의 신록만큼이나 초록이 싱그럽다. 문득 초록 바다 저만치에서 환청처럼 들려오는 정겨운 음성….

　"야야, 딱 한 뼘만 더 크면 되겠데이. 이 풀을 비다 주머 소가 얼마나 잘 묵겠노!"

　아버지는 소를 매우 아끼셨다. 논밭으로 가실 때면 숫돌에 잘 간 낫을 꽂은 지게를 늘 지고 가셨다. 좋은 풀을 만나면 바로 풀을 베기 위해서였다. 간혹 준비 없이 나가셨다가 좋은 풀을 만날 때도 있었다. 그런 날은 집에 오자마자 부지런히 채비하고 되짚어 나가고는 하셨다.

그때는 모두가 쇠죽을 끓여 먹이던 시절이라 풀이 귀했다. 민들레·쑥·강아지풀·피 등과 함께 바랭이는 소가 좋아하는 풀이었다. 더군다나 이런 풀이 비를 맞아 연하게 자랐다면 금상첨화가 아닐 수 없다. 좋은 풀을 베기 위해서라면 먼 길도 마다 않던 아버지. 기어이 그 풀을 베어 지게 가득 지고 어둑한 마당으로 들어서고는 저녁 내내 흡족해하시고는 했다.

아버지가 소를 아낀 것은 소가 큰 재산이기 때문만은 아니었다. 가난한 집의 아들로 태어나 일제강점기와 6·25동란을 몸으로 겪어내신 아버지. 가장으로서 누구보다 성실했던 아버지는 어머니와도 뜻이 잘 맞아 천수답이라도 한 뙤기씩 늘려가셨다. 일곱 남매 키우면서도 논밭을 늘렸으니 그 일이 오죽 많았으랴. 굶주림이 가장 무섭던 시절, 한 뼘이라도 땅을 늘리는 것이 소원이었지만, 소원을 이룰수록 일이 늘어 더 고단할 수밖에 없었다.

아버지에게 일이 많다는 건 소의 일도 많다는 뜻이었다. 추수 때는 둘이서 그 많은 곡식을 다 날라야 했다. 소는 길마에 짐을 싣고, 아버지는 지게에 짐을 싣고, 그렇게 곡식은 들판에서 집으로 옮겨졌다.

하루는 소 등의 길마에 보릿단을 싣는데 소가 자꾸 펄쩍거리며 거부했다. 보리를 빨리 치워야 모내기를 하는데 소가 일을 마다한 것이다. 달래고 얼러도 안 되자 아버지가 몹시 화를 내셨다.

"이놈의 소가!"

아버지는 결국 소를 마구 때리셨다. 우리는 걱정스럽게 바라보았고 어머니가 아버지를 진정시키며 말리셨다.

그날 저녁, 밥상 앞에서 아버지가 어머니에게 무거운 표정으로 말씀하셨다. 그동안 나른 짐 때문에 등이 아파 소가 짐을 안 지려고 했다는 것이다. 우리는 몰랐지만, 당신의 어깨도 그만큼 아팠던 아버지는 그 이유를 아신 것이다. 아시면서도 억지로 일을 시킨 그 심정이 얼마나 참담했겠는가. 노동의 고통을 누구보다 잘 아신 아버지, 하필이면 일 많은 집 주인을 만난 소가 딱해 그렇게도 좋은 풀이 어디 있나 늘 살피셨던 게다.

이제는 아버지도 가시고 일 소도 없는데 풀만 지천이다. 일만 늘려주는 골치 아픈 풀인데도 오늘은 그다지 싫지 않다. 싫기는커녕 잊고 지낸 아버지를 만나게 해 준 풀이 그저 이쁘게만 보인다.

'아버지의 기쁨이 여기 이리도 수북한데, 아버지는 이제 너무 먼 곳에 계시네요. 아버지….'   (2016. 8. 1.)

따숨이

올해 큰아이는 엄청난 효도를 하고 있다. 내 딸로 살아온 34년간의 효도를 몽땅 합친 것보다 올해 한 효도가 더 크지 싶다.

서른 나이가 넘도록 결혼할 기미조차 없던 큰아이였다. 친구들이 하나둘 결혼해도, 제 동생이 먼저 결혼해 질녀 서연이가 태어나도, 심지어 서연이가 온갖 재롱을 부려도 웃기만 할 뿐, 결혼에 대한 자극은 받지 않는 듯했다.

그러던 딸의 마음에 심상찮은 변화가 인 것은 작년 이맘때쯤이다. 드디어 사람이 생긴 것이다. 그 사람은 돌덩이처럼 딱딱한 딸의 마음을 말랑말랑하게 해 놓는 재주가 있었다. 이름 있는 날이라고 선물을 주고받고, 핸드폰을 손에서 놓지 않고, 맵시를 더 내고, 웃음이 많아지고…. 늦은 나이에 만났지만 남들 하는 건 다 하는 눈치였다. '그래, 잘한다.' 제발 부디 잘 안 벗겨지는 콩깍지가 눈에 확 씌어 속히 결혼하기를 바랐다.

그런데 당사자들은 달랐다. 처녀 나이 서른셋, 총각 나이 서른여덟. 늦은 나이에 만났으면 빛의 속도로 진행해 해가 바뀌기 전에 식을 올릴 줄 알았다. 그러나 둘은 인륜지대사를 앞둔 당사자답게 신중하고 나이가 준 관록에 걸맞게 느긋했다.

그렇게 해가 바뀌고 꽃피는 사월이 왔다. 천지사방 꽃 피고 초록도 함께 피어나느라 온 대지가 들썩였다. 봄은 노처녀·노총각 마음도 이팔청춘의 가슴처럼 들뜨게 한 것일까. 아니면 그대들도 어서 짝을 지어 한 가정을 출발시키라고 재촉했는지도 모른다. 둘은 결혼하겠다고 선언했다.

그렇게 둘은 사월의 신랑·신부가 되었다. 기특하게도 신혼여행을 가더니 엄청난 선물까지 준비해 왔다. 나이 찬 자식이 결혼해 준 것도 고마운데, 떡하니 아기까지 만들어 온 것이다. 세상에나! 조그만 것이 힘도 장사지. 아기는 양가 어른들에게 제 어미·아비를 단숨에 효성 지극한 자식으로 격상시켜 주었다.

고 기특한 아기에게 제 아비가 간절한 소망 담아 지어준 태명이 따숨이다. 살아가는 내내 삶이 따습기를, 따숨이와 인연 닿는 모든 사람도 따순 삶을 살기를. 제 어미·아비의 소망이 잘 이루어지기를 양가 가족 모두 한마음으로 염원할 뿐이다.

따숨이가 오고 난 뒤 네 살 서연이가 부쩍 의젓해졌다. 어린이 집에 다니는 서연이는 요즈음 제 이모가 운영하는 카페로 하원한다. 따숨이를 보기 위해서다. 서연이가 볼록한 제 이모의 배에 손을 대고 인사한다.

"따숨아, 안녕? 언니 왔어."

"언니도 안녕? 따숨이는 언니가 와서 참 좋아."

두 손으로 배를 감싼 제 이모가 대답한다. 서연이가 씨익 웃는다. 제 어미도, 제 이모도 웃는다. 그 풍경을 바라보는 나도 웃는다. 고사리손으로 서연이가 제 이모 배를 문지르면서 다시 말한다.

"따숨아, 너 태어나면 언니가 많이 놀아 줄게."

서연이가 "따숨아" 하고 소리 내어 부르자 따사로운 기운이 카페 가득 잔잔하게 퍼진다. 창밖 설성공원의 풍경도 따습다. 산책하는 사람들, 등나무 그늘에서 장난치며 싱그러운 웃음 터트리는 여학생들, 그리고 저만치 인조잔디에서 어린아이와 공놀이하는 엄마가 있는 공원 풍경은 그대로 한 폭의 정겨운 그림이다.

저 따사로운 세상에서 따숨이와 서연이도 따스한 심성의 성인으로 잘 성장하기를, 그래서 내 손녀들의 일상도 따사로운 저 풍경의 일부가 되기를….

(2016. 9. 26.)

쌀밥 이야기

과수원 일이 뜸해지니 텃밭에서 거둔 채소로 자주 솜씨를 내본다. 끝물 고추는 따서 멸치볶음 만들고, 가지도 살짝 쪄서 집간장에 무친다. 들기름 넉넉히 두르고 새우젓에 볶은 호박도 일미다. 이런 반찬에 바로 한 쌀밥을 놓고 앉으면 밥 한 공기는 금세 뚝딱이다.

원체 먹는 것을 좋아해 간식까지 마음껏 먹으며 신나게 보냈더니 아뿔싸, 뱃살이 심상치 않다. 거의 2년 가까이 노력해 감량한 체중이 두어 달 만에 원위치에 온 것이다.

저울이 바빠졌다. 아침에 일어나면 올라가지, 식사 후에 올라가지, 화장실에 갔다 오면 또 올라가지…. 딱 적당하게 통통한 사위까지 저울 위를 오르락내리락하며 체중감량에 열중이다. 사위는 작심한 데로 저울눈이 뚝뚝 떨어지나 본데, 야속하게도 내

체중은 좀체 떨어지지 않는다. 장모 체면이 말씀이 아니다.

그렇다면 밥을 적게 먹는 수밖에. 요즘은 반 공기도 안 되는 밥을 놓고 앉아 한 서너 번 숟가락이 오가면 벌써 동 나버린다. 입은 꿀맛이고 밥은 너무도 적다. 정 아쉬우면 밥 없는 반찬을 한두 젓가락 더 먹어본다.

지금은 다이어트 전성시대라 할 만하다. 밥 한술 널 뜨고 숟가락 놓는 사람이 용기 있는 사람으로 인정받는다. 올해로 4년째 대풍이라는 반가운 소식인데, 너도나도 밥 알기를 무슨 웬수 보듯 하니 저 들녘의 황금물결은 어찌한단 말인가. 게다가 밥쌀용 쌀까지 수입되어 국산 쌀값이 바닥이고 보니 농사꾼의 자존감도 바닥으로 떨어졌다.

내가 어릴 때는 쌀이 참 대접받았다. 그 시절의 들밥을 먹어본 사람이라면 고봉밥의 추억이 있으리라. 모내기 철, 무논에서의 장시간 중노동에도 쌀밥 한 주발이면 스르르 피로가 풀리던 기억. 보리쌀 하나 안 섞인 눈부시게 하얀 쌀밥은 큰 반찬 없어도 융숭한 밥상이었다.

그때 내 고향에는 군용 트럭의 이동이 잦았는데, 한 번은 미군이 길가에서 고장 난 트럭을 수리하고 있었다. 도로 옆 논에서는 일꾼들이 모내기를 했다. 아낙네가 들밥을 이고 오자 가로수 그늘로 일꾼들이 모였다. 미군은 앞앞이 고봉밥을 놓고 수저를 든 사람들이 걱정되어 눈을 떼지 못했다. 주발에 담긴 밥보다 주발 위로 올라온 밥이 더 많았기 때문이다. 마침내 그 밥을 다 먹은 사람들이 쉬려고 가로수 그늘에 하나둘 누웠다. 그걸 본 미군이 놀라 소리쳤다. 한국 사람들 밥 너무 많이 먹어 기절했다고, 응급조치 해야 한다며 다급하게 쌀라댔다는 것이다.

이제 우리는 그때처럼 밥을 많이 먹지 않는다. 다이어트를 위해 밥은 적게 먹으면서도, 유전자 변형 수입 밀로 만든 빵, 라면, 설탕 범벅인 쿠키 등의 소비는 날로 늘어가니 알 수 없는 노릇이다. 이런 나쁜 음식을 수시로 먹어대니 밥을 적게 먹어도 뱃살이 나오고 건강에도 이상이 오는 것이다.

그렇다면 우리가 모두 간식을 확 줄이고 세 끼 밥을 충실하게 먹는다면 어떤 변화가 생길까. 수입 밀가루와 설탕 섭취량이 줄어 뱃살이 들어가는 것은 물론이고, GMO 밀가루가 아닌 신토불이 쌀밥 덕분에 우리 몸은 더 건강해질 것이다. 예상외의 쌀 소비량에 정부도 반색할 테고, 활짝 웃는 농부의 얼굴에 신바람이 일 것이 분명하다.

미미한 효과라도 거두려면 함께해야겠지만 그게 쉽지 않으니 어쩌겠는가. 우선 우리 집부터라도 해 봐야지. 내일 아침에는 가

지도 좀 더 넉넉히 찌고 가을 호박도 푸짐하게 볶아야겠다. 보글
보글 끓는 된장찌개에 청양고추와 파를 송송 썰어 넣고 불을 끄면
맵싸한 고추 향이 살아있는 찌개 맛이라니. 그렇게 차린 밥상에서
윤기 자르르 흐르는 쌀밥을 아주 맛나게 조금은 넉넉히 먹는 것이
다. 우리 쌀은 살찌우며 나의 뱃살을 **빼는** 아주 바람직한 다이어
트를 위해.

(2016. 10. 10.)

네 살 시인

온 가족이 해운대 해변을 찾았다. 저만치에서 바다가 보였을 때 우리는 탄성을 지르면서 바다를 향해 달렸다. 나는 네 살 서연 이의 손을 잡고, 서연이 어미·아비는 강아지 '나무'의 목줄을 잡고…. 우리는 파도를 향해 달려가고 파도는 우리를 향해 달려왔다.

파도에 발을 적실 듯 바닷물 가까이 가자 탄성은 한숨으로 바뀌었다. 망망대해를 바라보는데 한 서너 번 나오던 한숨이 잦아들더니 이내 침묵으로 바뀌었다. 인간의 상상으로는 그 양을 가늠할 수조차 없이 크나큰 물, 태초로부터 현재를 지나 영원히 존재할 바닷물, 그 엄청난 존재감에 마치 언어를 잃어버린 사람처럼 말문이 막혀버린 것이다. 바닷물의 영원성에 비하면 나의 생은 어쩌면 파도가 만들어내는 하나의 작은 물방울만큼이나 짧지 않을까. 운이 좋아 한 백 년을 산다 해도 바닷물 앞에서 인간의 삶은 한갓 찰나라 해도 과언은 아니리라.

그렇다면 나는 찰나의 시간을 잘 쓰고 있는 걸까. 지난날의 어느 한 때는 아픔, 분노, 체념 등이 나의 시간을 지배했음을 부인할 수 없다. 그러나 언제부턴가 그런 감정이 차츰 빠져나가고 염려, 위안, 기쁨 등의 느낌이 그 자리를 채우기 시작했다. 그 따스한 단어들이 한데 버무려지면서 나는 자주 행복을 느끼고는 했다. 언제부터 누구의 영향으로 내 안에 따스함이 자리 잡게 되었을까.

내 찰나의 시간을 더듬느라 멍한 시선으로 잠자코 바다만 바라보는데 서연이가 말했다.

"할머니, 물이 오다가 자꾸 가버려요."

"정말 그러네, 왜 그럴까?"

"응, 엄마 물이 손을 잡고 당겨서 그래요."

"엄마 물이 왜 당기는데?"

"아기 물이 길을 잃어버릴까봐 그래요."

초롱초롱한 눈으로 또박또박 제 생각을 말하는 서연이, 이 어린 것이 어찌 이리도 기특한 생각을 할까. 예순을 살아도 몰랐던 이야기를 네 살 손녀의 동심을 통해 배운다. 바닷물은 엄마 물, 파도는 아기 물이었다는 것을, 세상이 궁금한 아기 물이 해변으로 밀려 나오다가 다시 밀려가는 까닭은 길을 잃을까 봐 염려하는 엄마 물의 사랑 때문이었다는 것을, 그래서 바닷물이 넘치지 않는다는 것을. 온갖 때로 얼룩진 나의 눈으로는 도저히 볼 수도 들을 수도 없는 이야기가 아닌가.

서연이는 내가 상상도 못 한 이야기를 수시로 조잘거리고는 한다. 그럴 때면 내 가슴은 감동으로 출렁이고, 지난날 내 시간의 주인인 양 나를 지배하던 아픔은 조금씩 밀려났다. 그리고 내 안에는 긍정적인 감정이 견고하게 자리를 잡은 것이다. 나는 더 말을 잇지 못하고 조그맣고 나긋한 동체童體를 꼭 껴안았다.

'그래, 바로 너 덕분이었구나.'

네 살 시인에게서 보이지 않는 것을 보는 법을 배우고, 들리지 않는 것을 듣는 법을 배운 이 시간. 바닷물의 영원성 앞에 나의 시간이 찰나에 지나지 않는다 해도 나는 그저 좋다. 서연이가 나에게 또 가르쳐 줄 것이기 때문이다. 찰나의 시간을 영원처럼 쓸 수 있는 방법을.

(2016. 10. 24.)

포도 향기를 닮은 글

– 이수안의 〈포도밭에서 쓰는 편지〉를 읽고

김수자 | 수필가

수필가 수안 님은 30년 넘게 포도농사를 짓는 여장부다. 두 딸을 포도밭에서 낳아 키웠고, 그 딸들을 포도밭에서 결혼시켰으며, 손녀를 포도밭에서 얻었다. 작은딸은 지금 엄마와 함께 포도나무를 키우고 있다.

　사람은 자신의 가치관대로 산다고 했다. 수안 님의 가치관은 모두 포도밭에서 나왔다. 포도나무는 잎에서 만든 양분을 나무 전체에 골고루 나눠준다. 양분이 넉넉한 가지는 부실한 다른 가지에 양분을 나누어줌으로써 나무 전체가 좋은 포도를 만들어낼 수 있다. 그녀가 살아가는 삶의 방식이나 사회를 바라보는 시선도 포도나무의 생리를 닮았다. 그녀는 누구처럼 세상일에 무관심하지 않고 일일이 안타까워하고 간섭한다. 평생 포도나무를 키우면 심성도 포도나무를 닮는가 보다. 그녀가 포도나무를 닮았는지 포도나무가 그녀를 닮았는지는 알 수 없지만.

　수안 님이 키운 포도는 유난히 맛있다. 포도의 특징은 크게 단맛과 향기라고 할 수 있다. 포도의 여러 종류 중에서도 수안 님이 특별히 좋아하는 포도는 '하니 비너스'다. 하니 비너스는 말 그대로 '꿀의 여신'이다. 몸매가 최고의 황금분할을 이뤘다는 비너스 여신께서 꿀맛을 보탰으니 가히 그 맛이 짐작되고도 남는다. 수안 님은 이 신비로운 맛의 비밀이 어디에서 나오는지 다 알고 있는 듯하다.

포도 꽃은 깨알만큼 작고 수수하게 생겼지만 성격이 꽤나 까다롭나. 포도 꽃이 필 무렵에는 부부싸움을 하면 안 된다. 누구를 미워하거나 나쁜 생각을 해도 안 된다. 포도 꽃은 가정의 평화와 인간 세상의 화목을 좋아한다. 온화한 날씨를 좋아한다. 주인의 관심이 다른 데 가 있어 대접이 조금 소홀하다 싶으면 예민한 꽃은 정받이를 제대로 하지 못해 농사를 그르치게 된다. 품종에 따라 순 자르기와 양분공급이 각기 다른데 그 시기가 빠르거나 늦어도 안 되고, 분량이 과하거나 부족해도 안 된다. 이렇게 세세한 것까지 조심하지 않으면 대놓고 싫은 내색을 하고 토라지는 것이 포도나무다. 과연 까칠하고 콧대 높은 여신의 포스다.

마침내 '하니 비너스'를 닮은 수안 님의 책이 세상에 나왔다. 여자의 몸으로 포도농사를 짓는 기쁨과 슬픔, 고통이 알알이 담겨 있다. 수많은 시행착오와 좌절, 눈물 속에서 태어난 포도 알처럼 달달하고 향기로운 글이다. 그녀의 미모가 '하니 비너스'를 닮지 않은 것이 천만다행이다.